La forêt ivre

D1512983

Éditions J'ai Lu

GERALD DURRELL | ŒUVRES

GERALD DURRELL

La forêt ivre

Traduit de l'anglais
par Mariel SINOIR

Cet ouvrage a paru sous le titre original :

THE DRUNKEN FOREST

En 1954 nous partîmes, ma femme et moi, pour un voyage de six mois en Amérique du Sud. Notre objectif était d'explorer la faune du pays, afin de constituer — à l'intention des zoos d'Angleterre — la plus vaste collection possible d'oiseaux et d'animaux rares. Cependant, ce voyage devait être, de notre point de vue, assez décevant, et cela à la suite de circonstances imprévisibles. Notre programme était de gagner tout d'abord la Terre de Feu — pointe extrême du continent — pour y capturer des canards et des oies que désirait obtenir le *Severn Wildfowl Trust*. A peine arrivés à Buenos Aires, nous eûmes la surprise désagréable d'apprendre que tous les avions à destination des lacs d'Argentine et de la Terre de Feu étaient complets pour des mois. Devant l'impossibilité d'arriver à temps pour la capture des oisillons, nous devions donc renoncer à cette partie du voyage. Notre second projet était d'aller glaner le maximum au Paraguay et, au bout de quelques semaines, de regagner Buenos Aires par petites étapes, en suivant le Parana et les

5

rivières du Paraguay. Ce projet, contrecarré lui aussi pour des raisons d'ordre politique, nous quittâmes l'Amérique du Sud, assez déçus de ne ramener — au lieu de l'immense collection escomptée — que quelques spécimens. Mais comme presque tout échec comporte son bon côté, c'est celui-ci que j'ai essayé de voir et de conter ici.

Je dirai également que cet échec ne résulte en aucune façon d'un manque d'assistance et que, bien au contraire, tant au Paraguay qu'en Argentine, nous n'avons eu qu'à nous louer de la gentillesse et du concours de tous ceux que nous avons approchés. C'est pourquoi nous avons tenu, à la fin de ce livre, à leur exprimer notre profonde gratitude.

SALUDOS

Tandis que le navire se préparait à entrer dans le port, nous nous étions accoudés au bastingage pour regarder Buenos Aires qui, lentement, semblait nous encercler. Tels des stalagmites multicolores, les gratte-ciel se dressaient sous un ciel d'un bleu intense — leurs millions de fenêtres ressemblant à autant de projecteurs. Le navire était déjà amarré le long des quais bordés d'arbres, que nous étions toujours perdus dans la contemplation de ces buildings énormes dont l'image miroitait sur les eaux noires. Nous fûmes interrompus soudain dans nos méditations sur l'architecture moderne par l'arrivée d'un homme qui ressemblait si étrangement à Adolphe Menjou qu'un instant, je me demandai si nous étions bien à l'extrême pointe du continent américain. D'un air hautain, il se fraya un chemin à travers la cohorte des émigrés qui gesticulaient et criaient en exhalant des senteurs d'ail, et se présenta à nous. Il avait une expression calme et une apparence immaculée que la température extérieure rendait plus surprenante encore.

— Gibbs, de l'ambassade, se présenta-t-il en souriant. Je vous ai cherchés partout en première classe; jamais je n'aurais pensé que vous voyageriez presque dans la cale.

— Nous non plus, répondis-je, et à ce moment-là c'était trop tard.

— Le voyage a dû être plutôt... étrange pour vous, dit M. Gibbs. (Il toisa du regard un paysan espagnol de forte stature qui venait de cracher sur le sol à deux doigts de sa chaussure.) Et plutôt humide, je suppose.

M. Gibbs commençait décidément à m'être très sympathique.

— Cela est sans importance, dis-je d'un air dégagé, mais c'est quand ça secouait dur que vous auriez dû nous voir; nous étions complètement trempés.

M. Gibbs eut un frisson légèrement dégoûté.

— J'imagine que vous devez apprécier d'être à quai. Tout est en ordre et les formalités de douane vont être expédiées très rapidement.

Quand je vis l'aisance avec laquelle il évoluait à travers les bâtiments de la douane, souriant aux officiels et échangeant un mot avec eux, par-ci par-là, la sympathie qu'il m'inspirait se teinta soudain de respect. Il sortit de ses poches d'immenses feuilles couvertes d'une foule de cachets rouges, et notre étrange bagage traversa grâce à lui la douane comme par miracle; nous nous retrouvâmes dix minutes plus tard, toutes formalités accomplies, devant la file des taxis attendant à l'extérieur. L'un d'eux nous prit et nous fonçâmes à toute allure à travers des rues aussi larges que l'Amazone, bordées d'arbres et de jolis jardins. Une heure ne s'était pas écoulée depuis notre arrivée que nous étions installés dans un appartement élégant, au sixième étage d'un immeuble dominant le port. Quant à M. Gibbs, il avait rejoint en hâte l'ambassade où il s'apprêtait sans doute à accomplir avant le déjeuner quelques autres miracles. Après une demi-heure passée à étudier le téléphone argentin et son fonctionnement, nous eûmes grand plaisir à annoncer notre arrivée à tous les gens pour lesquels nous avions des introductions. Ils étaient nombreux, car mon frère, qui avait passé un certain temps en Argentine, m'avait donné l'adresse de tous ses amis. Peu de jours avant notre départ d'Angleterre, j'avais reçu de lui une carte postale sur laquelle étaient griffonnés ces quelques mots : « N'oublie pas, quand tu seras à Buenos Aires, de prendre contact avec notre meilleure amie Bebita Ferreyra, 1503 Calle Posadas. Elle est exquise. » C'était le genre d'informations auxquelles mon frère m'avait habitué. Nous appelâmes Bebita Ferreyra. Sa voix me fit songer tout de suite au roucoulement d'une palombe, mais d'un spécimen doté d'humour.

— Madame Ferreyra? Ici Gerald Durrell.

— Oh, vous êtes le f-f-frère de Larry? M-m mais où êtes-vous? J'ai téléphoné à deux reprises à la douane pour savoir si vous étiez arrivé. Êtes-vous libre pour le déjeuner?

— Mais oui... Peut-on se rendre chez vous en taxi?

— Certainement. Je vous attends vers 13 heures. A tout à l'heure.

— Elle n'a pas l'air d'une femme banale, dis-je à Jacquie en raccrochant le téléphone.

Mais je ne savais pas à quel point cette opinion, exprimée à la légère, était en dessous de la réalité.

A 13 heures, comme convenu, nous arrivions à l'appartement qui était immense et situé dans une rue tranquille. Les tables du salon étaient couvertes de livres et de magazines en plusieurs langues sur la peinture, la musique, la danse. Sur le piano, il y avait des partitions d'opéra, mais aussi de Chopin, et le choix des disques était tout aussi éclectique : Beethoven, Nat King Cole, Sibelius et Spike Jones. S'il avait dû dégager quelque chose de toutes ces pistes, Sherlock Holmes lui-même ne s'y serait pas retrouvé. A un mur était accroché un portrait de femme, coiffée d'un grand chapeau. Le visage, d'une beauté exceptionnelle, rayonnait de calme et d'humour et c'était celui qui convenait à la voix entendue au téléphone.

— Tu crois que c'est elle ? demanda Jacquie.

— Très probablement, mais le portrait doit remonter à quelques années.

Un bruit de pas rapides et décidés se fit entendre et Bebita entra. Le portrait était loin de rendre justice à sa beauté qui était celle d'une déesse grecque.

— Je suis Bebita Ferreyra, nous dit-elle et l'expression amusée de ses yeux bleus laissait entendre qu'elle comprenait notre étonnement.

— J'espère que vous ne nous avez pas trouvés indiscrets de vous appeler, dis-je. Mais Larry avait beaucoup insisté pour que nous vous rencontrions.

10

— M-m-mais j'aurais trouvé injurieux que vous ne l'ayez pas fait.

— Larry vous envoie toutes ses amitiés.

— Comment va-t-il? Vous savez que c'est un amour. Vous n'avez pas idée à quel point il est adorable, dit-elle.

Je ne devais découvrir que beaucoup plus tard que Bebita décrivait ainsi tous les gens, qu'ils fussent exquis ou haïssables. Mais, pour ce qui était de mon frère, c'était bien le jugement qui me paraissait le moins approprié. Dès cette première rencontre, Bebita nous apparut dotée d'un charme irrésistible et nous vécûmes pratiquement ensemble, constamment invités à des repas succulents et bien ordonnés, à écouter de la musique et à bavarder interminablement de tout et de rien. En un mot nous vécûmes des heures merveilleuses. Très vite, nous en vînmes à nous reposer sur elle pour un tas de choses, et quelle que fût notre requête et son extravagance, Bebita ne refusait jamais de faire ce qui était en son pouvoir.

Trois jours après notre arrivée en Argentine surgirent les premières difficultés relatives à notre voyage en Terre de Feu. La compagnie d'aviation fut courtoise, mais formelle. Sauf annulation, aucune place n'était disponible. Mélancoliquement nous décidâmes d'attendre dix jours pour savoir si nous pourrions partir. C'est alors que Ian, nous voyant si déçus, nous suggéra d'aller faire un tour à la campagne. Selon lui tout valait mieux que de traîner pendant des jours dans Buenos Aires. Ian était un vieil ami, rencontré en Angleterre pendant la guerre, et qui, dans un mouvement d'enthousiasme, peut-être imprudent, avait insisté pour que je vienne recueillir certains spécimens en Argentine. M'ayant assuré de tout son appui, il se sentait maintenant concerné par notre aventure. Il alla donc rendre visite à ses cousins Boote, propriétaires d'un grand domaine près de la côte, à une centaine de kilomètres de la capitale. Ceux-ci, avec la générosité et l'hospitalité bien connues des Argentins, répondirent qu'ils seraient ravis de nous recevoir.

C'est ainsi qu'un matin, de très bonne heure, la voiture des Boote vint nous chercher. Extrayant des coussins son long corps efflanqué, Ian nous présenta une ravissante blonde assise sur la banquette avant, et qui n'était autre qu'Élisabeth Boote, la fille de nos hôtes. Non seulement elle était fort jolie, cela, nous le vîmes très vite, mais elle était aussi douée d'une étonnante capacité de sommeil; elle pouvait dormir partout, même au milieu du brouhaha, ce qui lui valut le surnom de « Lérot » (ou petit loir gris). Elle y trouva bien à redire, mais ce surnom lui resta.

1

FOURNIERS ET HIBOUX FOUISSEURS

L'Argentine est un de ces rares pays où, à mi-chemin de n'importe quel trajet, on peut voir à la fois son point de départ et son lieu de destination. Aussi plate qu'une table de billard, la pampa s'étale devant et tout autour sans limite apparente. Rien ne vient interrompre ce déploiement d'herbe lisse, si ce n'est, de-ci de-là, les taches rouges des chardons ou celles, sombres, de quelques arbres.

Laissant loin derrière nous les faubourgs de Buenos Aires et ses gratte-ciel pâles miroitant dans la brume comme une étrange formation de cristal, la route s'élança soudain comme une flèche à travers les prairies. Ses bas-côtés étaient recouverts par endroits de buissons grêles au feuillage vert pâle et aux petites fleurs dorées. Celles-ci étaient si minuscules qu'on ne pouvait les distinguer de loin, mais leur masse donnait à chaque plante qu'elles recouvraient une sorte de halo rayonnant. De ces buissons s'élevaient de petits oiseaux au plumage noir et blanc et à la queue étrangement allongée. Ils avaient un vol plongeant tout à fait particulier; à chaque chute, en effet, les plumes de leur queue s'ouvraient et se refermaient à la manière d'un ciseau. Parfois, un hibou majestueux au plumage brun et blond traversait la route, porté par ses lourdes ailes.

Au bout d'une heure environ, nous quittâmes la grand-route pour nous engager dans un chemin campagnard tout sillonné d'ornières et bordé de chaque côté par une clôture. Mon attention fut tout de suite attirée par de curieuses protubérances surmontant chacun des piquets de la palissade. Elles semblaient faites de boue séchée, et me rappelaient les nids de termites que j'avais vus en Afrique; mais à la réflexion, je songeai qu'il était impossible que des termites vivent si loin au Sud. Je m'interrogeais encore quand, soudain, en sortit un oiseau qui ressemblait par la taille au rouge-gorge anglais avec son gros ventre et sa queue robuste. Gros comme une grive, il avait la poitrine roux clair et le dessus du corps rouille chaud. C'était un fournier et je compris alors l'origine de ces curieux petits monticules de boue séchée. C'étaient les nids construits par cet extraordinaire oiseau, à la fois architecte et maçon. Je devais apprendre par la suite que le fournier — qui est le plus commun de tous les oiseaux d'Argentine — est aussi le plus attachant; ses nids sont une des particularités du paysage au même titre que les chardons géants.

La route s'incurva vers la mer et nous pénétrâmes dans des terres marécageuses. Des fossés pleins d'eau bordaient toutes les routes et, sur l'herbe dorée de la pampa, de larges étendues d'un vert chatoyant, entourées de roseaux, révélaient l'existence d'autres masses d'eau. C'était le domaine des oiseaux aquatiques, et les échassiers remplaçaient les fourniers et les oiseaux à queue en ciseaux. Des screamers (1) gris cendré, de la taille d'un dindon, s'élevaient des bas-côtés de la route dans un vol puissant et disgracieux et tournaient en lançant leur « houieup » flûté, tandis que sur les espaces d'eau immobile et miroitante, des canards lourdauds évoluaient comme des hommes d'affaires essayant d'attraper leur train. Les minuscules sarcelles grises abondaient, ravissantes avec leur bec bleu acier et leur calotte noire; il y avait aussi des canards rouges, cet oiseau lourd, dépourvu d'expression derrière un bec immense en forme de bêche; des becs-rouges immaculés avec leur plumage luisant noir et gris et leur bec rouge sang; modestes parmi les autres, de petits canards de couleur terne nageaient discrètement comme pour passer inaperçus — hypocrisie assez curieuse de la part d'un oiseau qui, s'inspirant des habitudes du coucou, va déposer ses œufs dans le nid d'espèces plus crédules auxquelles il donne le change et abandonne la couvaison. Des groupes de hérons s'étaient rassemblés sur les espaces boueux, ainsi que des foules d'ibis luisants dont le long bec recourbé et le plumage triste contrastent de façon étonnante avec l'exubérance dont ils font montre quand ils pirouettent dans les trous d'eau. Parmi eux, des groupes plus petits d'ibis rouges dont le plumage éclatant se détachait sur celui, plus sombre, de leurs

(1) Oiseau crieur.

cousins. Sur les étendues d'eau plus vastes évoluait, lent et superbe, tout un escadron de cygnes au col noir finement arqué et au plumage blanc comme de l'écume. A cette troupe majestueuse, se mêlaient, tels des courtisans, quelques cygnes blancs trapus et sans allure qui sentaient la basse-cour. Dans les hauts roseaux, des flamants perchés sur leurs longues jambes cherchaient leur nourriture : tête baissée, le cou recourbé comme un grand S rose, ils avançaient méthodiquement sur les eaux sombres, dans lesquelles leur silhouette se reflétait.

J'étais grisé par ce spectacle et gagné par une sorte de stupeur ornithologique, ne voyant plus que cha-toiements de plumages, éclaboussements sur l'eau lisse et mouvements d'ailes.

Brusquement nous quittâmes la route pour plonger d'un bond dans un sentier étroit, reluisant de flaques d'eau, qui traversait un bois d'eucalyptus géants; puis nous longeâmes une construction blanche, longue et basse, qui aurait pu être une ferme anglaise. Sortant du sommeil dans lequel elle était plongée depuis la sortie de la capitale, « Lérot » Boote promena sur nous ses yeux bleus et rêveurs et dit dans un bâille-ment discret : « Soyez les bienvenus à Los Ingleses! »

L'intérieur de la maison possédait un charme victo-rien avec son mobilier sombre et massif, ses murs aux papiers peints fanés auxquels étaient accrochées des têtes d'animaux, ses corridors dallés et l'odeur délicate et un peu astringente que répandaient les lampes à pétrole, hautes comme des lampes de mosquée. On nous avait installés, Jacquie et moi, dans une chambre

16

spacieuse qui semblait toutefois disparaître sous un immense lit de plume sorti tout droit du conte d'Andersen : *La Princesse et le pois*. C'était un lit qui évinçait tous les autres lits — vaste comme un court de tennis et épais comme une meule de foin — un lit voluptueux qui, dès qu'on s'y étendait, vous enveloppait ; sitôt plongé dans la douceur de son duvet, on se sentait glisser dans un sommeil si merveilleux qu'on eût tué celui qui aurait tenté de l'interrompre. La fenêtre donnait sur la pelouse et sur des rangées de petits arbres fruitiers, et elle était encadrée de plantes grimpantes dont les fleurs bleues retombaient comme une frange. Suspendu parmi les fleurs, et exactement dans mon champ de vision, se trouvait un nid d'oiseau-mouche — petite cupule grosse comme la moitié d'une noix qui renfermait deux œufs blancs, chacun aussi minuscule qu'un pois. C'est ainsi que, voluptueusement installé dans la tiédeur du lit monumental où je venais de passer ma première nuit, j'observai, tout en savourant mon thé matinal, le couple d'oiseaux-mouches : la femelle couvait gentiment ses œufs, tandis que le mâle se laissait tomber d'une fleur à l'autre, telle une chatoyante et microscopique comète. On comprendra aisément que la position de sybarite dans laquelle je me trouvais expliquait dans une large mesure mon intérêt pour les oiseaux-mouches ; Jacquie n'était pas dupe et voyant que mes connaissances sur la famille des *trochilidae* n'y gagnaient pas beaucoup, elle m'arracha sans douceur à l'étreinte de mon lit et me força à m'habiller. Ce que je fis. Révolté à l'idée que Ian dormait peut-être encore, je longeai le corridor menant à sa chambre, bien décidé à le sortir de son lit. Je le trouvai en pyjama et en *poncho,* cette pièce de vêtement argentin qui rend tant de services. Accroupi sur le sol, il tirait sur une mince pipe en argent, laquelle baignait dans un petit pot rond, en argent lui aussi, et plein d'un liquide sombre et répugnant sur lequel flottaient des brins d'herbe.

— Salut, Gerry! Tu es levé? me dit-il un peu surpris tout en tirant vigoureusement sur la pipe d'où sortit un gargouillis semblable à celui d'une minuscule baignoire en train de se vider.

— Que fais-tu? demandai-je d'un air sévère.

— Tu vois bien. Je prends mon *maté* (1) du matin, me répondit-il avec un nouveau glouglou. Tu veux essayer?

— Est-ce que ce n'est pas la fameuse infusion de thé?

— Exactement, et on la boit ici au moins aussi fréquemment qu'en Angleterre. Essaie; ça te plaira peut-être.

Et il me tendit le petit pot d'argent et la pipe.

Je humai avec circonspection le liquide brun foncé recouvert de sa croûte d'herbes. L'arôme en était chaud et plaisant comme le parfum qui se dégage du foin au soleil. Je portai la petite pipe à mes lèvres et suçai; il y eut un sifflement asthmatique d'un goût fruité, suivi d'un flot de liquide bouillant qui me brûla la langue. Les yeux pleins de larmes, je rendis la pipe à Ian.

(1) Thé du Paraguay.

18

— Merci, lui dis-je. Je suppose qu'on doit arriver, avec l'habitude, à boire à cette température, mais je crains que mes papilles s'y refusent.

— On peut très bien le boire moins chaud que ça, dit Ian, mais je doute que cela ait la même saveur.

J'essayai plus tard de faire une autre expérience de maté en le buvant moins brûlant, et je dois avouer que je trouvai cela agréable et rafraîchissant, avec sa senteur de foin fraîchement coupé et son goût amer légèrement astringent. Mais je ne pense pas pouvoir jamais le prendre à la température du métal en fusion — ce qui est le propre du véritable connaisseur.

La matinée était radieuse, et après une conversation à bâtons rompus autour d'un excellent petit déjeuner, nous partîmes jeter un coup d'œil à la campagne environnante. A peine étions-nous sortis du bois d'eucalyptus qui entoure la propriété comme une palissade, que nous rencontrions, perdue parmi les hautes herbes, une souche d'arbre sur laquelle un fournier avait bâti son nid.

Vue de près, je ne parvenais pas à croire qu'une construction aussi importante et aussi compliquée pût être l'œuvre d'un oiseau de cette taille. De forme sphérique, le nid était à peu près deux fois gros comme un ballon de football, et fait en partie avec de la boue à laquelle étaient incorporées des racines et des fibres. Le tout ressemblait à une structure de béton armé. De face, la construction avec son entrée voûtée faisait penser à un ancien four à pain en miniature. Très intrigué par l'intérieur (et Ian m'ayant assuré que le nid était désaffecté) je le soulevai de la souche et détachai soigneusement, à l'aide d'un couteau pointu, le toit en dôme, dur comme de la brique. C'était comme l'intérieur d'une coquille d'escargot : à une quinzaine de centimètres de l'entrée, sur la gauche, partait un couloir qui suivait exactement la courbe du mur extérieur, et revenait à droite de la porte. Au bout du passage, le nid devenait une pièce circulaire soigneusement tapissée d'herbes et de plumes. Contrastant avec la rusticité de l'extérieur, l'intérieur de la petite pièce et du corridor était parfaitement lisse et presque polissé. Plus je regardais et moins je parvenais à croire que ce petit oiseau, avec son bec comme seul outil, ait pu accomplir un tel travail. Je ne m'étonnais plus dès lors de l'affection que les Argentins portent à cet oiseau enjoué et actif qui survole leurs jardins en faisant vibrer l'air de son cri sonore et gai. Hudson relate l'histoire charmante d'un couple qui avait bâti son nid sur le toit d'un ranch. Un jour la malheureuse femelle fut prise dans un piège à rat et elle se brisa les deux pattes. Elle parvint, en luttant, à se libérer et à regagner son nid, où elle mourut. Pendant plusieurs jours le mâle tourna autour en appelant, puis finit par disparaître. Il revint deux jours plus tard avec une autre compagne et sans perdre un instant, tous deux se mirent à plâtrer l'entrée du nid qui contenait les restes de la première femelle. Puis ils s'attaquèrent à la construction d'un nouveau nid qu'ils bâtirent au sommet de cette crypte et là, ils élevèrent leur couvée.

Si l'on songe que le fournier a réussi à se faire aimer des plus durs et des plus cyniques, il faut croire qu'il ne manque ni de charme ni de personnalité. Au cours de mon séjour, un vieux *péon* (1) peu enclin à la sentimentalité et capable même de tuer un homme aussi aisément qu'une mouche, me déclarait un jour, d'un ton solennel, qu'il ne pourrait jamais faire de mal à un fournier.

Il chevauchait un jour à travers la pampa et s'était arrêté devant une souche sur laquelle un fournier avait commencé son nid ; la boue était encore humide et sur un des côtés, son propriétaire pendait accroché par une patte, prisonnier d'un long brin d'herbe qu'il avait utilisé pour sa construction. Il devait être là depuis un certain temps, à lutter en vain pour se libérer, car il était presque épuisé. Le péon s'avança vers le nid et, à l'aide de son couteau, il coupa délicatement l'herbe et posa l'oiseau épuisé au sommet du nid pour qu'il retrouve des forces. C'est alors qu'il se passa quelque chose de merveilleux.

« Je vous jure, senor, que ce que je vais vous dire est vrai, dit le péon. J'étais là, à cinquante centimètres de lui, et malgré cela il n'avait pas du tout peur. Malgré sa faiblesse, il lutta pour se remettre sur ses pattes et, levant son bec vers le ciel, il se mit à chanter. Pendant peut-être deux minutes, il chanta pour moi, senor, un chant merveilleux, et je l'écoutai, assis sur mon cheval. Puis il se tut et s'envola. Par son chant, il voulait me remercier de lui avoir sauvé la vie. Quand un oiseau est capable d'une telle gratitude, croyez-moi, senor, il mérite le respect de l'homme. »

Jacquie, qui était à une centaine de mètres du nid et

(1) Paysan, serviteur.

non loin de moi, se mit à chantonner et à me faire des signes. Je la rejoignis. Elle était penchée sur l'entrée d'un abri à demi caché dans l'herbe. Un petit hibou, accroupi devant le trou, raide comme un gardien, nous observait de ses yeux ronds. Soudain, il s'inclina pour saluer à deux reprises, très rapidement, et se figea de nouveau comme un militaire en faction. Son petit numéro était si délicieusement comique que nous nous mîmes à rire ; le hibou nous jeta un regard méprisant et porté par ses ailes silencieuses, il glissa au-dessus des herbes.

— On devrait essayer d'en attraper un, dit Jacquie. Ils sont tellement adorables !

J'étais d'accord. J'ai toujours été attiré par les hiboux — de toutes les espèces — et ne concevait pas une collection d'oiseaux qui ne leur ferait pas une place. J'appelai Ian qui errait dans les herbes avec une expression morose :

— Viens, je crois que nous avons trouvé le nid d'un hibou fouisseur.

Il accourut et, ensemble, nous examinâmes l'entrée de l'abri où le hibou se tenait accroupi. Un carré de terre était retourné et parsemé d'enveloppes de coléoptères de toutes les couleurs, d'os minuscules, de duvet et de plumes. L'abri devait servir à d'autres usages que la protection. Ian, penché sur le trou, semblait réfléchir.

— Tu crois qu'il y a quelque chose dedans ? lui demandai-je.

— C'est difficile à dire. Bien sûr c'est la bonne saison et les jeunes, à l'heure qu'il est, doivent être en

22

état de voler. L'ennui avec cette sorte de hibou, c'est qu'il a plusieurs abris, mais n'en utilise qu'un pour nicher. D'après les paysans, le mâle se sert des autres comme garçonnières; je ne sais pas jusqu'à quel point c'est vrai. Il va sans doute falloir creuser longtemps avant de réussir, mais si tu ne crains pas d'être déçu, je veux bien essayer.

— Je suis prêt à toutes les déceptions, pourvu que j'attrape quelques hiboux, répondis-je sans hésiter.

— Il nous faut des bêches et un bâton pour voir dans quel sens va le tunnel.

Nous retournâmes à la propriété et Mme Boote, ravie de nous voir déjà lancés dans nos recherches, alla nous chercher une extraordinaire panoplie d'outils de jardinage. Puis elle donna l'ordre à un des ouvriers d'interrompre son travail pour se mettre à notre disposition. Nous quittions le jardin lentement comme un comité de fossoyeurs lorsque nous tombâmes sur Lérot qui dormait paisiblement sur une couverture. Elle ouvrit les yeux et nous demanda d'une voix ensommeillée où nous allions. Quand elle apprit que nous nous apprêtions à capturer des fouisseurs, ses yeux bleus s'ouvrirent tout grands et elle proposa de nous conduire en voiture. Je protestai :

— Vous ne pouvez pas conduire dans la pampa avec cette voiture... Ce n'est pas une jeep!

— Et votre père vient de changer les amortisseurs, ajouta Ian.

— Je conduirai très lentement, c'est promis, dit-elle avec son plus ravissant sourire. (Devant notre air sceptique, elle ajouta, perfide :) et songez à tout le terrain que vous pourrez couvrir avec la voiture.

Nous partîmes donc à travers la pampa. Au premier trou, les ressorts de la voiture grincèrent sous l'effort, et à l'exception de Lérot nous avions tous mauvaise conscience.

Nous explorâmes le trou que nous avions découvert avec une tige de bambou. Il avait deux mètres cinquante de tour; légèrement incurvé comme un C, il était situé, à son point le plus profond, à soixante-cinq centimètres en dessous du sol. Après avoir indiqué plus ou moins le tracé intérieur de l'abri, à l'aide de bâtons plantés dans le sol, nous commençâmes à creuser, en vérifiant notre progression à intervalles réguliers. Chaque section de tunnel comprise entre deux bâtons fut explorée avec soin (il fallait s'assurer qu'il n'y avait rien de caché à l'intérieur) puis fut rebouchée avec des mottes de terre. Le dernier bâton, si nos calculs étaient exacts, devait correspondre au nid. Sans un mot, à mesure que nous rejetions un peu de terre, nous posions fébrilement notre oreille contre la terre; mais aucun bruit ne se faisait entendre; j'étais à peu près certain que l'abri était vide. La dernière croûte de terre céda et dégringola dans la petite chambre. Nous fixant par le trou à demi éclairé, apparurent deux petites têtes grises aux yeux d'or. Nous poussâmes un cri de triomphe; les jeunes oiseaux clignèrent des paupières et firent claquer leur bec comme des castagnettes. Avec leur duvet, ils étaient si charmants que, oubliant tout ce que je savais des habitudes du hibou, je tendis la main à l'intérieur pour en attraper un. Aussitôt les petites boules de duvet tendre avec leurs grands yeux commencèrent à s'enfler de fureur. Gonflant les plumes de leur dos, au point de doubler de volume, et claquant du bec, ils s'en prirent à ma main. Je m'assis pour sucer mes doigts ensanglantés.

— Quelqu'un aurait-il un morceau de chiffon un peu épais? demandai-je. Quelque chose de plus épais qu'un mouchoir, qui me permettrait d'attraper ces petites créatures?

Lérot Boote se précipita vers la voiture et revint avec un torchon. Je m'en entourai la main et fis une seconde tentative. Je réussis à saisir un oisillon à plein corps, mais si le torchon me protégea des coups de bec, je fus frappé à coups de serres. Fermement accroché au torchon, le hibou refusa alors de lâcher prise et ce ne fut pas facile de dégager ses pattes et de

le mettre dans le sac. Son frère, resté seul pour faire front, semblait peu disposé à lutter et il fut beaucoup plus facile à capturer. Couverts de terre et cependant enchantés, nous rejoignîmes la voiture et passâmes le reste de la journée à parcourir la pampa en tous sens. Dans l'espoir de voir un couple de fouisseurs s'élever du sol, nous étions prêts à nous précipiter pour localiser l'abri et le creuser. Comme l'avait prédit Ian, nous ne fûmes pas favorisés, et à la fin du jour (nous avions l'impression d'avoir creusé plusieurs kilomètres de tunnel) nous rentrâmes à la propriété avec huit bébés hiboux. Immédiatement, ils se mirent à manger viande et coléoptères en quantité telle que nous nous demandions si leurs parents harassés les regretteraient beaucoup et ne se sentiraient pas plutôt soulagés de ne plus avoir à les ravitailler.

Ces premiers spécimens acquis, d'autres ne tardèrent pas à les rejoindre. C'est ainsi que, le lendemain de notre première capture, un péon se présenta à la maison avec une boîte contenant deux jeunes coucous *guira,* espèce commune en Argentine, et davantage encore au Paraguay. Par la taille et l'apparence, ils rappellent l'étourneau d'Angleterre, mais là s'arrête la ressemblance, car cette espèce de coucou a un plumage beige-brun rayé de vert sombre et porte sur la tête une petite huppe rousse, et sa queue est longue comme celle d'une pie. Il circule dans les buissons et les bois en petites compagnies de dix à vingt oiseaux et c'est un ravissant spectacle de les voir glisser en groupe d'un taillis à un autre, comme des fléchettes de papier brun.

J'avais souvent admiré ces vols collectifs de coucous mais je n'avais jamais accordé beaucoup d'importance à cette espèce — jusqu'à l'arrivée des deux bébés. Aussitôt la boîte ouverte je découvris que ces oiseaux ne ressemblent à aucun autre. Je dirais tout d'abord que je les crois déficients, mentalement, et rien ne me fera revenir sur ce jugement. Sous le couvercle de la boîte je vis les deux oiselets accroupis, les pattes écartées, leur longue queue étalée et leur crête rousse érigée. Ils m'observaient calmement, de leurs yeux jaune pâle, rêveurs et voilés, dont l'expression était si lointaine qu'ils semblaient écouter quelque musique céleste interdite au monde des mammifères auquel j'appartenais. Puis, avec un ensemble parfait, ils dressèrent un peu plus leur crête et, ouvrant leur bec jaune, ils laissèrent échapper, telles des mitrailleuses, une série de sons d'une sonorité incroyable. L'explosion terminée, ils abaissèrent leur crête et d'un vol lourd ils quittèrent leur boîte; l'un vint se poser sur mon poignet et l'autre sur ma tête. Celui qui avait choisi mon poignet émit une sorte de rire étouffé, puis il avança jusqu'au bord de ma manche de veston, et s'attaqua aux boutons, crête érigée, avec tous les signes de la férocité. Quant à l'autre, m'ayant saisi les cheveux à plein bec, il se mit à tirer dessus de toutes ses forces.

— Depuis quand cet homme avait-il ces oiseaux? demandai-je à Ian, car je m'étonnais de leur aplomb et de leur familiarité.

Ian et le péon échangèrent quelques mots en espagnol, puis Ian se tourna vers moi.

28

— Il dit qu'il les a pris il y a environ une demi-heure.

— C'est impossible, dis-je, ils sont apprivoisés! Ils ont dû s'échapper de chez leurs maîtres.

— Non, tous les coucous *guira* sont comme ça!

— Aussi dociles?

— Quand ils sont très jeunes, ils paraissent ignorer la peur. Ils changent un peu en devenant adultes, mais pas beaucoup.

Comprenant qu'il n'arriverait pas à me scalper, celui qui s'était installé sur ma tête descendit alors sur mon épaule et essaya prudemment d'introduire son bec dans mon oreille afin de l'explorer. Je lui en enlevai rapidement l'envie et le perchai sur mon poignet à côté de son frère. Alors, comme s'ils se retrouvaient après des années de séparation, tous deux, crête dressée, se regardèrent affectueusement dans les yeux en lançant des trilles à la cadence d'une perforeuse mécanique. J'ouvris la porte d'une cage tout en avançant mon poignet et, le plus naturellement du monde, comme s'ils étaient nés en captivité, tous deux allèrent d'un bond s'installer sur le perchoir. Troublé par un tel comportement, j'allai chercher Jacquie.

— Viens voir les nouveaux venus, lui dis-je. C'est le rêve de tous les collectionneurs.

— Qu'est-ce que c'est?

— Des coucous *guira*. Il y en a deux.

— Oh! non, ces créatures rousses? dit-elle d'un ton un peu méprisant. Je ne les trouve pas très excitantes.

— Mais je te demande de venir les voir. Pour moi

ce sont les oiseaux les plus singuliers que j'aie jamais vus.

Installés sur le perchoir, ils étaient occupés à se bichonner. Un instant, ils nous fixèrent de leurs yeux brillants, amorcèrent un salut, puis reprirent leur toilette.

— Je reconnais, dit Jacquie, qu'ils sont plus attrayants de près, mais je ne vois tout de même pas ce que tu leur trouves de si passionnant.

— Tu n'as pas remarqué qu'ils avaient quelque chose d'exceptionnel?

— Non, répondit-elle en les observant, si ce n'est qu'ils ont l'avantage d'être déjà apprivoisés.

— Mais justement, ils ne le sont pas, m'écriai-je triomphant. Il n'y a pas plus d'une demi-heure qu'ils viennent d'être capturés.

— C'est une blague, dit Jacquie. Tu vois bien qu'ils ont l'habitude d'être en cage.

— Mais non, pas du tout. Ian m'a assuré qu'à cet âge ils sont absolument stupides et se laissent prendre docilement.

— J'avoue qu'ils ont l'air assez bizarre, dit Jacquie en les observant avec attention.

— Je les crois déficients mentalement.

Glissant un doigt à travers les barreaux, Jacquie l'agita devant l'un des oiseaux. Sans hésiter il approcha et baissa la tête pour se faire gratter. Le second, les yeux brillants d'envie, grimpa sur le dos de son frère pour recevoir sa part de gâteries. Dans cette position, à cheval l'un sur l'autre, ils se balançaient sur le perchoir en tendant le cou à Jacquie. Sous l'effet

du massage, leur crête petit à petit se dressa, leur tête se renversa jusqu'à ce que le bec pointe vers le ciel, leurs yeux se fermèrent d'extase et les plumes de leur cou s'érigèrent tandis que celui-ci s'étirait vers le haut : ils se mirent à ressembler beaucoup plus à des girafes à plumes qu'à des oiseaux.

— De vrais débiles mentaux, répétai-je au moment précis où celui du dessus, le cou désespérément tendu, perdit l'équilibre et dégringola au fond de la cage, où il s'accroupit en battant des paupières et en s'efforçant de rire sous cape.

Nous devions acquérir plus tard d'autres spécimens de cette espèce idiote et tous se révélèrent aussi sots. Un couple fut capturé au Paraguay par notre compagnon, et cela de façon amusante. Il marchait sur un sentier, et passa devant un couple de guiras qui picorait dans l'herbe. Surpris de ne pas les avoir effrayés, il revint sur ses pas et, de nouveau, passa devant eux. Toujours accroupis, ils le fixaient stupidement. Ce que voyant, il fit un bond vers eux et revint triomphalement avec les deux oiseaux. Étant donné leur absence de résistance, nous ne tardâmes pas à en avoir plusieurs couples qui furent pour nous une source infinie de divertissements. Dans chacune de leurs cages, une petite ouverture de deux à trois centimètres était aménagée pour la propreté. Solution idéale pour les coucous car, en s'accroupissant sur le plancher de la cage, ils penchaient leur tête à l'extérieur et s'intéressaient à tout ce qui se passait dans le camp avec des commentaires sonores et des gloussements joyeux. Quand on les voyait ainsi, la tête hors de la cage, la crête dentelée dressée, les yeux brillants de curiosité, tandis que d'une voix perçante ils commentaient ce qu'ils voyaient, on songeait irrésistiblement à un rassemblement de vieilles femmes attirées à la fenêtre de leur mansarde par le bruit d'une dispute.

Chez les guiras, la passion du soleil va jusqu'à l'obsession, et le plus faible rayon les transporte de joie. Ils chantent et se rassemblent sur le perchoir pour cette cérémonie solennelle. Tout d'abord il faut une bonne position. car la volupté dépend de l'équilibre : se balancer doucement sans s'agripper au perchoir. Cet équilibre une fois trouvé, ils gonflent leur plumage et le secouent vigoureusement comme un plumeau. Puis, ils sortent les plumes de leur corsage, celles du croupion, abaissent leur longue queue et ferment leur yeux en s'enfonçant progressivement jusqu'à ce que la poitrine repose sur le perchoir — les plumes de la poitrine tombant d'un côté, la queue de l'autre. Alors, avec beaucoup de prudence, ils détachent leurs pattes du perchoir et se balancent doucement. Dans cette position précaire, leurs plumes se présentent de façon curieuse et on les croirait attaquées par les mites. Malgré leur loufoquerie, les coucous sont des oiseaux attachants; quand nous nous absentions, même pour un instant, ils ne manquaient jamais de nous accueillir, à notre retour, avec de joyeuses trilles.

Les deux premiers — ceux de Los Ingleses — ont toujours été nos préférés et Jacquie les a terriblement gâtés. Après notre retour à Londres, nous les remîmes au zoo de Londres et nous ne les revîmes pas de deux mois. Persuadés qu'ils nous avaient complètement oubliés, nous nous approchâmes de leur cage et là ce fut la surprise. C'était le week-end et de nombreux visiteurs les regardaient. Les coucous étaient occupés à leur toilette, sur leur perchoir. Nous n'étions pas plutôt arrivés qu'ils nous fixèrent de leurs yeux brillants et, la crête dressée, volèrent jusqu'au grillage en nous saluant frénétiquement. Ils tendaient désespérément le cou pour recevoir une caresse et nous en conclûmes qu'après tout ils étaient peut-être moins bêtes que nous ne pensions.

2

EGGBERT ET LES TERRIBLES TATOUS

Autour de Los Ingleses, parmi les espèces les plus communes, il y avait les « grands crieurs »; on rencontrait fréquemment, sur un rayon d'un kilomètre, dix à douze couples de ces majestueuses créatures marchant dans l'herbe côte à côte, ou tournoyant dans le ciel, leurs larges ailes déployées, en jetant leur appel mélodieux et sonore comme un coup de trompette. Je mourais d'envie d'en capturer quelques-uns. Mais ce ne devait pas être facile, car ces oiseaux, si nombreux dans la pampa, sont difficiles à attraper. Comme les oies, ils se rassemblent en énormes troupeaux et dévastent, au cours de l'hiver, tous les champs de luzerne de la région. Les fermiers argentins les pourchassent et les tuent, chaque fois qu'ils le peuvent. Alors que l'on peut approcher d'assez près la plupart des oiseaux de la pampa, il faut s'estimer heureux si l'on réussit à s'avancer à une centaine de mètres d'un couple de crieurs. Nous savions qu'ils nichaient tout autour de nous, mais ces nids étaient jalousement cachés; à plus d'une reprise, comme les parents

volaient bas au-dessus de nos têtes en poussant des
cris perçants, nous crûmes en découvrir un, mais ce ne
fut jamais le cas.

Nous étions partis un soir poser des filets dans un
petit lac bordé d'un épais rideau de roseaux, pour
essayer de capturer quelques canards; le filet une fois
fixé, je marchai à travers les roseaux et aperçus un
petit nid vide et astucieusement suspendu entre deux
feuilles — assez semblable à celui d'un bec-fin. Mon
regard tomba sur un tas d'argile qui semblait cligner
des yeux. J'en étais à me demander si je n'avais pas la
berlue quand de nouveau la motte d'argile cligna des
yeux. Je vis alors que le tas en question n'était autre
qu'un bébé crieur, blotti parmi les roseaux, et immobile comme une pierre. Seules les paupières qui bat-

taient sur ses yeux sombres trahissaient sa présence. Je
fis encore quelques pas et m'accroupis près de lui. Il ne
bougeait toujours pas. Je lui touchai la tête, mais il ne
fit pas le moindre mouvement. L'ayant ramassé, je
l'emportai sous mon bras et le déposai dans la voiture.
Il ne manifestait pas la moindre résistance ni la
moindre panique. Deux adultes crieurs vinrent à
passer au-dessus de nous et lancèrent en nous voyant
toute une série de cris furieux. Alors la créature, si
placide dans mes bras, quelques instants plus tôt, fut
soudain gagnée par une panique telle que j'eus toutes
les peines du monde à la mettre dans une boîte.

A mon retour à la propriété, John, le frère de Lérot,
me demanda si la fortune nous avait été propice. Je lui
montrai fièrement ma prise.

— Ça! s'exclama-t-il d'un air de dégoût. Je n'imaginais pas que ça pouvait vous intéresser.

— Bien sûr que si! répliquai-je; ils ont beaucoup de
succès dans les zoos.

— Combien en voulez-vous? demanda John.

— J'aimerais beaucoup en avoir huit, mais si j'en
juge par les difficultés que nous avons eues à nous
procurer celui-ci, je crains que ce ne soit pas possible,
dis-je, un peu mélancolique.

— Ne vous faites pas de souci; vous les aurez, dit
John d'un ton dégagé. Pour quand les voulez-vous?...
Pour demain?

— Je ne voudrais pas me montrer trop exigeant,
répondis-je, moqueur; disons que je serais ravi d'en
avoir quatre demain, et autant après-demain.

— Okay! acquiesça John.

Sur le moment, je considérai que John devait avoir un sens de l'humour assez particulier pour plaisanter sur un sujet aussi sacré que la capture des crieurs, puis j'oubliai l'incident jusqu'au moment où, le lendemain matin, je le vis qui s'apprêtait à partir à cheval. A ses côtés un péon, déjà en selle, l'attendait.

— Eh! Gerry! me cria-t-il, tandis que son cheval, impatient, tournait en rond, c'est huit ou douze?

— Douze quoi?

— Des crieurs, pardi! répondit-il un peu surpris.

— Huit pour aujourd'hui... et douze demain... ce sera suffisant.

— Okay! dit-il, en poussant son cheval au galop à travers les eucalyptus.

A midi, installé dans la hutte qui abritait les animaux, je m'attaquai à la construction d'une cage, non sans de nombreuses mésaventures. Par maladresse j'avais fendu trois planches, m'étais donné deux coups de marteau sur la main et avais failli m'enlever le bout du pouce avec la scie. J'étais d'assez méchante humeur — ce qui avait eu pour résultat de faire fuir Jacquie et Ian. J'étais cependant décidé à persévérer quand j'entendis un bruit de sabots ainsi que la voix de John.

— Gerry, cria-t-il gaiement. Voilà vos bestioles!

C'était trop fort! Brandissant mon marteau d'un air redoutable, je sortis pour faire comprendre à John que je n'étais pas d'humeur à plaisanter. Adossé au flanc de son cheval ruisselant de sueur, il me souriait. Ce ne fut pas son sourire qui me désarma, mais bien la vue de deux énormes sacs jetés sur le sol, qui s'agitaient, pleins de vie. Descendant de cheval, le péon déposa, lui aussi, deux autres sacs qui semblaient pesants et d'où s'échappait un bruit étouffé.

— Ce n'est pas une plaisanterie? demandai-je. Ce sont vraiment des crieurs que vous avez là-dedans?

— Certainement. Que voulez-vous que ce soit? répondit John surpris.

— J'ai cru que c'était une blague, dus-je avouer. Combien en avez-vous?

— Huit, comme vous aviez demandé.

— Huit! m'exclamai-je d'une voix rauque.

— Je suis désolé de ne pas vous en avoir ramené douze, mais j'essayerai d'en trouver encore quelques-uns demain.

— Non... je vous en prie... Laissez-moi d'abord installer ceux-ci.

— Mais, je croyais que... dit John, un peu décon-certé.

— Non, sérieusement... attendez que je vous les demande.

— Bon!... A propos, il y en a un très jeune. Vous feriez bien de voir dans quel état il est.

Émerveillé de ce don du ciel, je regagnai la hutte en titubant sous le poids des sacs, puis partis à la recherche de Jacquie et de Ian pour leur annoncer la bonne nouvelle et leur demander de m'aider à sortir les oiseaux des sacs. Indignés, ébouriffés, ceux-ci étaient pour la plupart de la même taille que celui que j'avais capturé la veille. Mais tout au fond du dernier sac, nous trouvâmes le jeune dont avait parlé John. C'était, de tous les bébés oiseaux que j'avais vus jusque-là, le plus émouvant, le plus ridicule et le plus charmant.

Il ne devait pas avoir plus d'une semaine. Son corps, gros comme une noix de coco, était rond comme une boule. Au bout d'un cou immense se dressait, en forme de dôme, une tête munie d'un bec minuscule et éclairée de deux yeux bruns pleins de douceur. Ses jambes et ses pattes, d'un gris rosé, beaucoup trop grandes pour lui, semblaient échapper complètement à son contrôle. Attachés comme par hasard sur son dos, deux petits morceaux de chair comme les doigts d'un gant devaient faire office d'ailes. Il paraissait entièrement enveloppé dans un tricot de coton jaune. Il roula hors du sac et parvint à se mettre debout sur ses énormes pattes; puis ses ridicules bouts d'ailes légèrement dressés, il nous contempla avec curiosité et, ouvrant son bec, nous salua d'un « houip » timide. Nous le regardions avec ravissement. Il leva lentement, en oscillant vers l'avant, une de ses énormes pattes, la reposa sur le sol et ramena l'autre à côté. Visiblement enchanté par sa performance, il se reposa quelques instants, puis après un second « houip » il se risqua à faire un autre pas. Mais il avait omis de contrôler son action au cours de la précédente manœuvre, et sa patte gauche se trouva posée sur la droite : la tentative fut désastreuse. Il lutta désespérément pour essayer de dégager sa patte droite, en gardant l'équilibre; après un effort énorme pour soulever ses deux pattes, il s'étala le bec en avant; devant notre hilarité, il nous regarda et lança un « houip » désapprobateur.

Étant donné sa forme et sa couleur, le seul nom qui nous était venu à l'esprit, c'était *Egg* (1); puis dès qu'il eut un peu grandi, il devint Eggbert. Je crois pouvoir dire que j'ai rencontré au cours de mon existence beaucoup d'oiseaux amusants, mais par leur apparence, alors que Eggbert était drôle, simplement et irrésistiblement, dans tout ce qu'il faisait. C'était un clown-né et qui me faisait rire aux larmes. Il se tenait devant moi sur ses pattes démesurées et, la tête légèrement inclinée sur le côté, il disait « houip » d'un ton malicieux et interrogateur, et cela suffisait pour me donner le fou rire. Chaque après-midi nous le sortions de sa cage pour une petite promenade sur la pelouse, et nous attendions ce moment avec autant d'impatience que lui; mais au bout d'une heure nous étions contraints de le remettre en cage.

Ses pattes — je devrais dire ses pieds — empoisonnaient littéralement son existence par leur continuelle tendance à se mélanger. Il ne cessait jamais de les contrôler de peur qu'elles lui désobéissent, et il lui arrivait parfois de se tenir debout, tête baissée, pendant des minutes entières, à fixer d'un air grave ses doigts de pieds étalés comme les branches d'une étoile de mer. Eggbert était évidemment obsédé par le désir de se dissocier de ses pieds démesurés. Ils l'irritaient, car il devinait les ébats gracieux auxquels, sans eux, il aurait pu se livrer. Après avoir surveillé longuement ses extrémités, et croyant les avoir maîtrisées, il se lançait en avant, certain qu'elles suivraient. Mais elles

(1) Œuf.

le précédaient inévitablement en s'empêtrant l'une dans l'autre, et Eggbert finissait la tête dans les pâquerettes.

Sans cesse trahi par ses pieds, il devait l'être, douloureusement, le jour où il se mit en tête d'attraper un papillon — curieuse obsession dont il était bien incapable de nous confier la raison. Tout ce que nous savions de son espèce, c'est qu'elle est végétarienne ; or, sitôt que Eggbert apercevait un papillon autour de lui, son œil brillait de lueurs sanguinaires et il partait en chasse. Mais pour attraper un papillon, il s'agit de ne pas le perdre de vue — et cela, Eggbert le savait ; or, il devait en même temps garder le contrôle de ses extrémités ; cette double action étant impossible, sa victime lui échappait toujours. Puis vint le jour, que nous ne sommes pas près d'oublier, où Eggbert rêvassait au soleil, les pieds tournés vers l'extérieur ; un papillon, d'une espèce absolument ordinaire, qui voltigeait sur la pelouse, vint se poser sur son bec, et s'y livra à un curieux manège avec ses antennes. Tremblant d'une rage bien compréhensible, Eggbert essaya de lui donner un coup de bec alors qu'il était posé sur son front. Il perdit l'équilibre et se retrouva sur le dos, les pattes en l'air. Tandis qu'il était dans cette posture, réduit à l'impuissance, le papillon vint se poser lâchement sur le ventre rebondi et douillet d'Eggbert où il se livra à un petit besoin avant de reprendre le large. Cet incident — on s'en doute — ne contribua qu'à le déchaîner davantage contre les lépidoptères, mais malgré tous ses efforts il n'en attrapa jamais.

Au début, il nous posa des problèmes d'alimenta-

tion, car il rejetait systématiquement tous les végétaux : chou, salade, trèfle ou luzerne. Nous essayâmes le biscuit mélangé à l'œuf cuit dur, mais il repoussa avec horreur cette tentative qui visait à le jeter dans le cannibalisme. Fruits, son mouillé, maïs furent inspectés brièvement, puis ignorés. En désespoir de cause, la seule solution semblait être de le lâcher dans le potager, dans l'espoir qu'il nous livrerait peut-être le secret de ses goûts. Toute la maison — de la cuisine au salon — s'intéressait au problème de Eggbert et guettait anxieusement quelque indication quand nous le lâchâmes dans le potager, pour cette expérience. Il salua toute l'assemblée d'un « houip » amical, tituba, puis son équilibre retrouvé, il commença son tour ; visiblement préoccupé par ses pieds, il passa sans un regard entre les rangées de choux. Arrivé devant les plants de tomates, il regarda autour de lui avec curiosité ; il semblait avoir pris une décision, mais son attention fut distraite par la présence d'une grosse sauterelle. Parvenu au milieu des pommes de terre, sans doute épuisé par l'effort, il fit un petit somme, tandis que nous attendions patiemment. Apparemment reposé et guilleret, il nous salua d'un air étonné, bâilla et reprit sa promenade en tanguant comme un ivrogne. Méprisant les carottes, il continua son chemin. Arrivé aux pois, estimant sans doute que les choses sérieuses avaient assez duré, il essaya de jouer à cache-cache avec nous, entre les carrés de pois. Puis il abandonna, avança jusqu'aux fèves et s'arrêta, fasciné par les fleurs — intérêt tout esthétique et pas le moins du monde gastronomique. Comme nous atteignions les plants de persil et de menthe, il éprouva soudain le besoin de voir ce qui le chatouillait sous la patte gauche, et il se retrouva dans une flaque profonde laissée par la pluie. Nous l'en retirâmes et, une fois séché et cajolé, il pénétra de sa démarche mal assurée entre les rangées d'épinards bien alignées. S'arrêtant brusquement, il procéda à leur examen, minutieusement, la tête inclinée. Le suspense était terrible. Comme il se décidait enfin à se pencher pour donner un coup de bec dans une feuille, il trébucha, la tête la première, dans une grosse touffe d'épinards. Il s'en extirpa avec peine et réussit, cette fois, à attraper une large feuille. Il tira dessus de toutes ses forces, mais la feuille refusait de céder, et il dut s'arc-bouter, les jambes écartées, et tirer énergiquement. L'extrémité de la feuille se déchira et Eggbert se retrouva de nouveau sur le dos, avec cette fois dans son bec une minuscule parcelle de verdure. Sous les applaudissements de tous, il fut replacé dans sa cage et on lui prépara une grosse ration d'épinards hachés. Mais une autre difficulté devait surgir. Ce végétal, même haché très finement, était encore trop dur à déglutir et Eggbert le restituait immédiatement.

— Je crains fort, dis-je, qu'il faille l'alimenter comme le faisait sa mère.

— Comment ça? demanda Jacquie, avec curiosité.

— En régurgitant la feuille déjà mâchée et qui est alors douce comme une pulpe.

— Est-ce que tu veux dire qu'on devrait essayer? demanda Jacquie d'un air soupçonneux.

— Non... mais il faudrait lui procurer de l'épinard déjà mâché.

— Alors... tu t'en chargeras, dit ma femme gaiement.

— C'est que justement ce n'est pas possible, expliquai-je. Je fume et l'épinard parfumé à la nicotine ne lui plaira certainement pas.

— Autrement dit... c'est moi qui vais le mastiquer?

— Exactement.

— Si on m'avait dit, dit Jacquie plaintivement, quand je t'ai épousé, que je devrais mâcher la nourriture de tes oiseaux, je ne l'aurais jamais cru.

— Voyons, Jacquie, c'est pour la bonne cause, risquai-je.

— A dire vrai, reprit-elle sans m'écouter, je ne t'aurais jamais épousé.

Avec un regard glacial, elle prit une feuille d'épinard et s'en alla mastiquer dans un coin. C'est ainsi que, avec la persistance d'un ruminant, Jacquie produisit tout l'épinard prémastiqué que Eggbert absorba au cours de son séjour parmi nous. Elle évalua la quantité à une cinquantaine de kilos et, chose surprenante, l'épinard est encore aujourd'hui son légume préféré.

Peu de temps après l'arrivée de Eggbert et de ses frères, nous reçûmes deux autres animaux — de gros tatous velus de taille et d'habitudes presque identiques. Ces animaux étant tous deux du sexe féminin, nous en avions conclu qu'ils étaient de la même portée, bien que l'un ait été trouvé près de Los Ingleses et l'autre à quelques kilomètres de là; et ils furent sur-

nommés les jumelles terribles. Nous les avions installées dans une cage aménagée avec un petit comparti-
ment dortoir. Cette cage avait été conçue, à l'origine,
pour abriter un très gros tatou; comme ces deux
animaux n'avaient pas encore atteint leur taille définitive, ils y étaient à l'aise. Leurs distractions se résu-
maient à la nourriture et au sommeil — dont ils ne
semblaient jamais repus. Ils s'étendaient de tout leur
long sur le dos, leur gros ventre rose et ridé s'enflant et
se dégonflant sous leur respiration ronflante, tandis
que les pattes étaient parcourues de frémissements.
Une fois endormis, rien ne semblait jamais pouvoir les
réveiller : ni les coups frappés contre leur cage ni les
cris à travers les barreaux; c'est ainsi qu'on pouvait —

en retenant sa respiration (car les tatous dégagent une odeur particulièrement forte), ouvrir la porte de leur cage, taper sur leur grosse panse ventrue, leur pincer la patte ou leur tirer la queue, sans réussir à les arracher à un sommeil qui ressemblait à un état d'hypnose. Convaincu que rien — si ce n'est peut-être un tremblement de terre — ne les en arracherait, vous remplissiez une gamelle de cette répugnante mixture qu'ils aimaient en vous apprêtant à la glisser par la porte de la cage. Or, quelles que soient les précautions prises pour éviter de faire du bruit, vos mains n'étaient pas à l'intérieur de la cage, qu'aussitôt arrivait de leur dortoir un fracas effroyable, comparable à celui d'une otarie qui chercherait à démolir à coups de queue une petite construction en bois. C'étaient les jumelles qui dégringolaient et bataillaient pour se mettre debout ; c'était, pour nous, le signal pour lâcher la gamelle et retirer nos mains, car en l'espace d'une seconde les deux créatures bondissaient tels des boulets de canon, et se ruaient à travers la cage, épaule contre épaule, comme des joueurs de rugby luttant pour le ballon. Elles heurtaient la gamelle (et votre main, si vous l'y aviez laissée) et allaient atterrir avec elle au bout de la cage, tandis que le mélange de bananes hachées, d'œufs durs et de viande émincée baignant dans du lait, s'écrasait comme une vague contre le mur pour rebondir et s'agglutiner sur leur dos. Avec des cris et des grognements de satisfaction, ils léchaient la nourriture ruisselant sur leur cuirasse cornée, en se bagarrant pour un morceau de fruit ou de viande retombé soudain du plafond. A les voir noyés dans cette mare de nourriture, on avait peine à croire que deux animaux puissent venir à bout d'une telle quantité de vitamines et de protéines. Cependant, une demi-heure plus tard la cage était impeccable et ils avaient même réussi à lécher toutes les éclaboussures du plafond qu'ils parvenaient à atteindre en se dressant sur leurs pattes de derrière. Quant à eux, ils s'étaient retirés dans leur odorant boudoir ou, couchés sur le dos, ils dormaient en ronflant profondément. Assez vite, le régime leur profita et nos deux créatures se développèrent au point de passer avec difficulté par la porte de leur dortoir. J'étudiais un aménagement susceptible d'y remédier, quand l'une d'elles trouva la solution. Au lieu de s'étendre dans le sens de la longueur, comme elle avait l'habitude de le faire, elle décida, un jour, de se coucher en travers, la tête pointant vers la porte. Dès que lui parvenait le moindre son, le moindre fumet de nourriture, elle traversait en trombe et avant que l'autre ait eu le temps de se mettre debout, elle était devant la porte où elle restait plantée comme par des racines. Là, prenant son temps, elle sortait une patte et rapprochait la gamelle; elle en explorait bruyamment le fond tandis que dans le dortoir sa compagne furieuse essayait en vain de faire passer cet arrière-train solidement cuirassé qui lui interdisait l'accès à la nourriture.

Le tatou velu est le vautour de la pampa argentine. Bas sur pattes, à l'abri des attaques grâce à son armure, il circule à travers les herbes à la manière d'un tank minuscule, et tout ce qu'il rencontre est bon à manger. A défaut de fruits et de légumes, il ne dédaignera pas le contenu d'un nid (œufs ou nouveau-nés) ni les souris ou les serpents — quand il les rencontre. Mais son grand régal, ce sont les carcasses en putréfaction. Il n'est pas rare, en effet, sur les immenses étendues d'Argentine où les troupeaux sont innombrables, qu'un animal meure de maladie ou de vieillesse et reste à se décomposer au soleil jusqu'au moment où les mouches, attirées par la putréfaction, bourdonnent autour du cadavre comme des abeilles autour d'une ruche. C'est alors, pour le tatou dont les narines sont chatouillées par l'odeur, l'annonce du festin. Quittant son abri, il se hâte vers la carcasse infestée de vers. Repu de viande pourrie et de parasites, il ne peut se résoudre à abandonner la carcasse incomplètement nettoyée de sa chair et s'enterre sous elle. Ainsi enfoui, il rumine et digère jusqu'à ce que la fringale le reprenne, et il n'a plus alors qu'à sortir la tête pour se mettre à table. Le tatou n'abandonne une carcasse qu'après avoir dépouillé les os, déjà blanchis, de leur dernier filament de chair. Puis avec un soupir satisfait d'animal repu, il rejoint ses quartiers, en espérant que la prochaine aubaine ne se fera pas trop attendre. Toutefois, en dépit de ses goûts dépravés, le tatou est censé avoir une chair agréable dont le goût se situe entre le veau et le cochon de lait. Souvent, les ouvriers travaillant sur les propriétés capturent des tatous qu'ils gardent dans un tonneau plein de boue pour les engraisser jusqu'à ce qu'ils soient à point pour la casserole. Je comprends que cette idée de manger un animal nourri de charogne puisse paraître intolérable, mais les habitudes alimentaires du porc sont, elles aussi, assez répugnantes; et parmi les poissons, la limande et le carrelet ont des goûts qui pourraient donner la nausée à un charognard.

Un autre habitant de la pampa a des habitudes aussi charmantes que sont répugnantes celles du tatou, mais je n'ai jamais réussi à le rencontrer. C'est la viscache — un rongeur de la taille d'un terrier Cairn et, comme lui, bas sur pattes. Sa face, assez semblable à celle d'un lapin, comporte trois bandes de fourrure (deux noires coupées par une grisâtre) qui partent des yeux et longent les joues, comme si la nature s'était amusée à les déguiser en zèbres et s'était arrêtée à mi-chemin dans son jeu. Vivant dans de vastes garennes souterraines, leurs colonies peuvent compter jusqu'à quarante membres.

Les viscaches sont les animaux les plus bohèmes de la pampa. Ils mènent une vie libre et leurs vastes demeures souterraines accueillent sans réticence toutes sortes de créatures étrangères à la communauté. C'est ainsi que le hibou fouisseur se construit de petits abris dans le vestibule et que les serpents établissent parfois leur résidence dans les parties du nid inutilisées par la viscache — et qui sont probablement l'équivalent du grenier. Lorsqu'un tunnel est abandonné par la viscache à la suite d'agrandissements, les hirondelles (d'une certaine espèce) en prennent possession sans tarder. C'est ainsi que beaucoup de ces garennes à viscaches abritent une population aussi diversifiée que peut l'être celle de certaines pensions de famille de Bloomsbury. Les viscaches tolèrent tous ces locataires parasites, à condition qu'ils se comportent bien. On sourira peut-être si je soutiens que les tendances artistiques de la viscache sont fortement influencées par le surréalisme. Je m'explique : l'abord immédiat de la garenne est soigneusement dégagé de toute verdure, de sorte que l'entrée de la colonie est une vaste étendue dénudée littéralement damée par le passage de toutes les petites pattes. Cet espace, en plein milieu de la pampa, sert en quelque sorte d'atelier à la viscache, car c'est là qu'elle procède à des arrangements artistiques. Elle compose des tas à l'aide de longues tiges sèches de chardons et y dispose des pierres et des racines ; elle ajoute à ces natures mortes tous les éléments colorés qu'elle rencontre et qui lui paraissent jolis. J'ai examiné un jour l'extérieur d'un de ces abris : la pile habituelle de tiges de chardons, de racines et de pierres était agrémentée de vieux bidons d'essence, de trois petits morceaux de papier d'étain, et de huit emballages de cigarettes d'un rouge éclatant, ainsi que d'une corne de vache. Cette composition fantastique, disposée avec tant de soin, en pleine pampa, me donna grande envie de rencontrer, dans son habitat, ce petit animal à la face triste et rayée, que j'imaginais, accroupi au clair de lune, et occupé à composer ses natures mortes. La viscache était jadis le plus commun des animaux de la pampa — jusqu'au jour où ses habitudes végétariennes et les ravages qu'elle causait à l'herbe en déterrant les matériaux nécessaires à ses réalisations artistiques, attirèrent sur elle la colère des agriculteurs. Pourchassée par les fermiers, elle fut massacrée et chassée de la plupart des lieux qu'elle fréquentait.

Nous ne pûmes jamais en capturer une, ni même en apercevoir — ce que je regrette infiniment, car la viscache est peut-être, de toute la faune argentine, l'animal que j'aurais eu le plus de plaisir à connaître.

INTERMÈDE

La compagnie d'aviation nous avait assuré qu'une fois nos animaux parvenus à Buenos Aires, nous serions en mesure de les expédier sur Londres dans les vingt-quatre heures. Aussi, dès que le camion eut atteint les faubourgs de la capitale, téléphonai-je aux services responsables pour annoncer notre arrivée et leur demander où nous pourrions, à l'aéroport, garer notre chargement pour la nuit. On m'informa, avec beaucoup de courtoisie, que l'expédition ne pourrait avoir lieu avant une semaine et qu'entre-temps il n'était pas possible de laisser les animaux à l'aéroport, faute de place. J'étais fort contrarié par ce contretemps, car je ne voyais vraiment pas où loger mes spécimens jusqu'au jour de l'expédition.

Comprenant la situation, le chauffeur nous proposa aimablement de laisser les animaux dans le camion pour la nuit et de les décharger au petit matin, car il avait un transport à assurer. Nous acceptâmes son offre avec gratitude et une fois le camion garé dans la cour, près de chez lui, nous commençâmes à nourrir les animaux. Soudain, au milieu de l'opération, Jacquie eut une idée.

— J'ai trouvé! s'écria-t-elle joyeusement. Téléphonons à l'ambassade.

— Tu n'y penses pas! L'hébergement des animaux n'entre pas dans les fonctions d'une ambassade!

— Mais si on appelait M. Gibbs, reprit-elle, butée, il serait peut-être à même de nous aider. Ça ne coûte rien d'essayer!

Tout en rechignant, je finis par appeler l'ambassade.

— Allô! Vous êtes de retour? dit Gibbs d'une voix joviale. Le voyage a été agréable?

— Très agréable, merci!

— Abondante, la récolte parmi la faune des environs?

— Assez importante, je vous remercie. En réalité, c'est à ce sujet que je vous téléphone. J'ai un problème, et peut-être pourriez-vous nous aider.

— Mais bien volontiers! De quoi s'agit-il? demanda M. Gibbs sans se douter de ce que j'attendais de lui.

— J'ai besoin d'un endroit où laisser mes animaux pendant une semaine.

Il y eut un silence au bout du fil et je me demandai si M. Gibbs, contrarié par une telle demande, ne s'apprêtait pas à raccrocher, quand il reprit d'une voix suave :

— Vous me posez là un problème qui... c'est un jardin que vous voudriez?

— Un garage, de préférence. En connaissez-vous un ?

— Vous me prenez un peu au dépourvu... On ne me demande pas très souvent où l'on peut loger des animaux. Mais... si vous passiez me voir demain matin, j'aurais peut-être une idée.

— Je vous remercie, dis-je. A quelle heure arrivez-vous à l'ambassade ?

— Venez autour de 10 h 30 ; j'aurai ainsi le temps de prendre contact avec quelques personnes.

Je retournai auprès de Jacquie pour lui faire part de ma conversation.

— 10 h 30 ! Mais c'est beaucoup trop tard ! s'exclama-t-elle. Tu sais bien qu'il faut libérer le camion à 6 heures.

Nous demeurâmes silencieux un moment. Soudain Jacquie s'écria :

— Je sais !

— Non, répondis-je fermement. Je ne vais pas téléphoner à l'ambassadeur.

— Il ne s'agit pas de lui, mais de Bebita.

— Mais c'est vrai ! Pourquoi ne pas y avoir songé plus tôt ?

— Je suis sûre qu'elle aura une idée, reprit Jacquie, convaincue que notre amie était une magicienne.

Pour la troisième fois, je pris le téléphone et ce fut une Bebita plus exquise que jamais qui me répondit.

— Allô... Bebita ! Comment allez-vous ?

— C'est Gerry ? Ah, mon enfant, j'étais justement en train de parler de vous... Où êtes-vous en ce moment ?

— Quelque part dans la banlieue... mais je ne saurais vous dire où exactement.

— Essayez donc de vous repérer... et venez dîner ce soir.

— Nous serions ravis, si ça nous était possible.

— B-b bien sûr que ça vous est possible!

— C'est que... Bebita... je vous téléphonais pour vous demander un service.

— Certainement, mon petit. De quoi s'agit-il?

— Nous sommes bloqués ici avec tous nos animaux. Pourriez-vous nous trouver un endroit où les laisser pendant une semaine?

J'entendis, à l'autre bout, un petit rire étouffé.

— Ah! soupira-t-elle en affectant la résignation. Quel homme! C'est à cette heure-ci que vous m'appelez pour me demander où héberger vos animaux!

— Je me rends compte que ce n'est pas une heure... mais... il faut absolument que nous trouvions quelque chose sans tarder.

— Laissez-moi faire... Rappelez-moi dans une demi-heure, v-v-voulez-vous?

— Merveilleux! dis-je, me sentant déjà mieux. Excusez-moi encore de vous avoir importunée, mais vous étiez la seule personne à laquelle je pouvais m'adresser.

— Cessez de vous excuser. Bien sûr que c'est à moi que vous deviez vous adresser. A tout de suite.

La demi-heure écoulée, je l'appelai.

— Gerry! Tout est arrangé... un de mes amis a une espèce de hangar dans son jardin et il est d'accord pour que vous y mettiez vos animaux.

56

— Vous êtes tout simplement merveilleuse!
m'écriai-je enthousiaste.

— Mais... vous ne le saviez pas? dit-elle en riant.
Maintenant, prenez l'adresse de cet ami, emmenez-y
vos animaux, et venez dîner avec moi.

Bien soulagés, nous partîmes à la nuit tombante à
l'adresse donnée par Bebita. Le camion s'arrêta dix
minutes plus tard devant deux imposantes grilles de
fer forgé d'où partait une allée couverte de gravier
conduisant à une sorte de château de Windsor. J'étais
certain que nous nous étions trompés quand soudain,
ouvrant les grilles toutes grandes, un portier nous
salua en souriant et s'inclina devant notre vieux
véhicule comme s'il s'était agi d'une Rolls. Il nous
indiqua une espèce de véranda couverte qui bordait
un des côtés de la maison : c'était là que nous pouvions garer les animaux. Encore sous le coup de la
surprise, nous les déchargeâmes, et de crainte d'une
erreur, nous partîmes rapidement comme des malfai-
teurs, pour ne pas laisser au propriétaire le temps de
protester. Bebita nous accueillit, belle et calme comme
d'habitude, mais avec un sourire un peu amusé.

— Alors, les enfants, les animaux sont-ils bien
installés?

— L'endroit est absolument parfait, Bebita. Et
c'est très aimable de la part de votre ami...

— Mais il est toujours ainsi... généreux...
charmant... Vous ne pouvez pas imaginer à quel
point!

— Il vous a fallu longtemps pour le décider?
demandai-je, incrédule.

— M-m-mais je n'ai pas eu à le persuader; c'est lui qui me l'a offert spontanément, quand je lui ai raconté votre histoire. C'est un ami, vous comprenez? dit Bebita, et il était naturel qu'il accepte.

Elle nous adressa un sourire rayonnant.

— Je ne vois pas comment on pourrait vous refuser quoi que ce soit, dis-je. Mais nous vous sommes extrêmement reconnaissants. Vous êtes une sorte de fée pour nous.

— Vous plaisantez! Allez, venez dîner.

M. Gibbs, le lendemain matin, nous avoua qu'il avait appelé — sans succès — plusieurs personnes, et nous comprîmes alors que Bebita avait accompli pour nous un miracle pur et simple.

— Je suis absolument navré, nous dit-il.

— Ne vous tourmentez plus, une amie nous a tirés d'embarras.

— J'en suis bien heureux. Où les avez-vous mis?

— Dans une maison de l'Avenida Alvear.

— *Où* dites-vous?

— Avenida Alvear.

— Avenida Alvear? répéta M. Gibbs, incrédule.

— Oui. Qu'il y a-t-il de curieux à ça?

— Rien... absolument rien, si ce n'est, reprit-il, que Avenida Alvear est à Buenos Aires ce que Park Lane est à Londres.

Plus tard — nos spécimens ayant été expédiés par avion — nous devions apprendre que notre voyage dans le Sud était annulé. Nous nous demandions où nous pourrions bien aller, et ce fut Bebita qui, de nouveau, nous tira d'embarras.

— Écoutez, mes enfants, aimeriez-vous allez visiter le Paraguay?

— J'adorerais cela! répondis-je, enthousiaste.

— Alors, c'est bon. Je crois que je peux arranger ça. Vous prendrez l'avion régulier jusqu'à Asuncion et là, l'avion de mon ami vous attendra pour vous emmener chez lui... l'endroit s'appelle Puerto Casado.

— Je vous soupçonne, dis-je, d'avoir arrangé tout ça avec votre ami!

— B-bien sûr... Avec qui d'autre aurais-je pu l'arranger?

— Le problème, c'est que nous ne parlons pratiquement pas espagnol.

— J'y ai pensé. Mais vous vous souvenez de Rafael?

— Oui. Très bien.

— Eh bien, il est en vacances, et il sera ravi d'être votre interprète. Sa mère pense que ce voyage lui fera le plus grand bien... à condition que vous ne le laissiez pas attraper de serpents. D'accord?

— Quelle mère intelligente, m'écriai-je, c'est une idée merveilleuse, et je vous adore, vous... et tous vos amis.

— Ne soyez pas stupide, dit Bebita.

C'est ainsi que Jacquie et moi, nous nous envolâmes pour Asuncion — capitale du Paraguay — en compagnie de Rafael de Soto Acobal, qui manifesta un tel enthousiasme, tout au long du voyage, qu'à côté de lui je faisais figure de vieux globe-trotter blasé!

3

DES CHAMPS DE FLEURS VOLANTES

Avec une secousse, le camion s'arrêta sur le petit aéroport d'Asuncion, éclairé par un pâle soleil matinal. Engourdis et ensommeillés, nous descendîmes pour prendre nos bagages, tandis que le pilote et le chauffeur disparaissaient dans un hangar délabré situé à l'extrémité du terrain. Au bout de quelques minutes, peinant sous l'effort — telles deux énormes fourmis brunes qui s'évertueraient à déplacer un minuscule papillon —, les deux hommes réapparurent. Ils poussaient devant eux un petit monoplan or et argent. Assis sur sa valise, Rafael s'était assoupi.

— Regardez, Rafael, m'écriai-je d'une voix enjouée, voilà notre avion.

Il se leva d'un bond et, ouvrant de grands yeux derrière ses lunettes, il contempla le minuscule engin. Puis d'un ton incrédule, il s'écria :

— C'est ça, notre avion?

— On dirait bien.

— Oh, non! c'est une blague!

— Et pourquoi pas? demanda Jacquie; c'est un charmant petit avion.

— Oui... justement, répondit Rafael... il est *petit*.

— Il paraît assez robuste, dis-je pour le rassurer.

A cet instant précis, une des roues rencontra une touffe d'herbe, et le petit appareil se mit à tanguer et à vibrer mélodieusement.

— Oh, non! Gerry! cria Rafael, on ne peut pas voler dans cette chose... ce n'est pas possible.

— Voyons Rafael... il n'y a rien à craindre, dit Jacquie avec l'inconscience de quelqu'un qui n'a jamais pris un petit avion.

— Sûr? demanda notre ami en posant sur elle un regard anxieux.

— Absolument sûr... on emploie beaucoup ces petits avions en Amérique.

— Je vous crois, Jacquie... mais l'Amérique n'est pas le Chaco... Vous voyez, il n'a qu'une aile... et si elle lâche... alors on fait... boum... dans la forêt.

Et il retourna s'asseoir en nous regardant fixement comme un hibou triste.

Ayant placé l'avion en position de décollage, le pilote s'avança vers nous avec un sourire qui découvrit ses dents en or.

— Alors... en route, dit-il et il se baissa pour ramasser les bagages.

Rafael se leva et prit sa valise.

— Gerry, je n'aime pas ça, répétait-il d'un air malheureux tandis que nous nous dirigions vers l'appareil.

Les bagages une fois chargés, il fallait admettre

qu'il ne restait pas beaucoup de place, mais nous réussîmes à nous caser, moi devant à côté du pilote, Jacquie et Rafael derrière. Je montai le dernier et claquai la porte. Je ne l'aurais jamais imaginée aussi frêle. Elle se rouvrit immédiatement.

Le pilote se pencha pour regarder la porte : « *No bueno* », et d'une main puissante, il la claqua si fort que l'avion tangua.

— Mon Dieu! gémit Rafael.

Le pilote tripota le tableau de contrôle en sifflotant gaiement, le moteur ronfla et l'appareil commença à vibrer. Bondissant sur le sol inégal, il avança, couchant l'herbe sur son passage; puis nous fûmes dans l'air à tourner au-dessus de la verdure tropicale où s'entrecroisaient les routes de terre rouge. Nous survolâmes Asuncion et ses maisons roses brillant au soleil, puis devant nous, par-dessus le cercle décrit par l'hélice, j'aperçus la rivière Paraguay.

A cette altitude, le paysage n'avait plus de mystère; on voyait nettement que la rivière formait une barrière entre deux paysages d'une nature absolument différente : au-dessous de nous, c'étaient les riches terres rouges, les forêts vertes et les terrains d'élevage qui entourent Asuncion et composent la moitié est du Paraguay; de l'autre côté de la rivière, s'étendaient les plaines infinies du Chaco dont l'herbe, sous la brume du matin, apparaissait comme un métal terne, coupé de-ci, de-là, par le vert vibrant des broussailles et des sous-bois. La plaine ressemblait à un caniche qu'on aurait tondu en laissant certaines zones laineuses. Paysage étrange dont le seul élément de vie était la rivière miroitante, qui se scindait ici en trois ou quatre bras, et plus loin en une infinité de bras dont chacun serpentait, s'enroulait et s'entremêlait dans un dessin aussi compliqué que les viscères de quelque monstrueux dragon.

Dès que nous eûmes passé la rivière et perdu de l'altitude, je compris que ce que j'avais pris tout d'abord pour une plaine desséchée était en réalité une étendue marécageuse, qui brillait de temps à autre au soleil. Les zones rugueuses rompant la monotonie de la plaine étaient des massifs d'épineux épais dont jaillissaient parfois quelques palmiers. A d'autres endroits, ces arbres poussaient en rangs serrés, comme dans une plantation. Partout ce n'était qu'explosion d'eau miroitant au soleil; toutefois, la végétation était poussiéreuse — les racines baignaient dans l'eau mais les feuilles étaient parcheminées par le soleil. C'était une région désolée, d'une étrangeté inquiétante, mais fascinante. Cependant, au bout d'un moment, le paysage me parut monotone, car les seules ombres étaient celles des palmiers qui se balançaient.

Le pilote fouilla sous son siège et en sortit une bouteille qu'il déboucha avec les dents. Il me la tendit. C'était du café glacé, non sucré, amer et très rafraîchissant. Après avoir bu, je tendis la bouteille à Jacquie et à Rafael et la rendis au pilote. Celui-ci renversa la tête en arrière, et l'avion piqua dangereusement vers la boucle argentée de la rivière, à près de mille mètres en dessous. Le pilote s'essuya la bouche du revers de la main et se pencha vers moi pour me crier à l'oreille en montrant un point devant nous : Puerto Casado.

J'avais du mal à voir quelque chose dans cette brume de chaleur mais je finis par distinguer, émergeant soudain du sol plat, la silhouette noire d'une colline vers laquelle, visiblement, nous nous dirigions.

Le doigt toujours pointé vers la colline il hurla :

— Puerto Casado... vous voyez? Encore une heure environ...

Je me mis à somnoler tandis que la masse sombre de la colline se rapprochait. Le nez de l'avion plongea et les courants d'air chaud ascendants se saisissant de notre minuscule engin, il fut secoué et ballotté jusqu'au moment où il piqua brusquement. L'espace d'une seconde, le Chaco bascula, la rivière sembla accrochée à l'aile, et l'horizon fut au-dessus de nos têtes. Nous nous redressâmes pour atterrir avec précision sur une bande d'herbe que rien n'aurait distinguée du reste du paysage sans la présence d'un sac à vent jaune, pendant mollement à un mât. Après un bond sur l'herbe, l'avion s'immobilisa. Avec une grimace de satisfaction, le pilote arrêta le moteur et me montra le paysage d'un geste large.

— Chaco! m'expliqua-t-il.

A peine avions-nous ouvert la porte de l'avion que la chaleur nous assaillit littéralement, à ne plus pouvoir respirer.

L'herbe brune, dure et sèche, parsemée de fleurs jaunes et orange, ressemblait à un tapis recouvert de sciure de bois. Nous venions de décharger nos affaires lorsqu'un camion arriva, bondissant sur l'herbe. Le chauffeur était un petit Paraguayen rondelet, au sourire malicieux et que notre arrivée semblait beaucoup amuser. Il nous aida à empiler nos bagages à l'arrière du camion qui, en tressautant, traversa la piste pour s'engager sur une route poussiéreuse sillonnée d'ornières, à travers la forêt. Enveloppé par un nuage de poussière, et uniquement préoccupé de me tenir à la portière, je ne pouvais rien voir du paysage ; dix minutes plus tard, nous entrions dans le village de Casado avec ses cabanes à demi délabrées et séparées par des chemins de terre ravinés. Un manguier constituait de toute évidence le lieu de rassemblement du village ; les gens étaient réunis sous son ombre à dormir ou à bavarder, tandis que d'autres marchandaient au milieu d'un assortiment de produits étalés dans la poussière — potirons, canne à sucre, œufs, bananes.

La petite maison qui nous était destinée se trouvait au bout du village, à demi cachée derrière un rideau de pamplemoussiers, d'orangers et de buissons d'hibiscus d'où jaillissaient d'énormes fleurs d'un rouge éclatant. Un réseau compliqué de petits canaux d'irrigation à demi obstrués par des touffes d'herbe et des plantes aquatiques entourait la maison et son manteau de feuillage. Tout autour de ces canaux, des nuées de moustiques bourdonnaient, et à leur bruit s'ajoutait, le soir, le concert des rainettes, des crapauds et des cigales. Les rainettes lançaient leurs trilles flûtées, tandis que les crapauds éructaient, d'un air méditatif, et que les cigales crevaient l'air, par intervalles, de leur chant aigu, telle une scie électrique traversant une feuille d'étain. Sans être luxueuse, la maison était composée de trois chambres communicantes, selon la formule espagnole, et qui toutes avaient des fuites. Un peu plus loin, et reliées à la maison par un passage couvert, se trouvaient la cuisine et la salle de bains que nous allions partager — j'allais le découvrir dix minutes après notre arrivée —, avec toute une série d'autres hôtes, spécimens variés de la faune locale ; des centaines de moustiques y étaient réfugiés, ainsi qu'une véritable colonie d'énormes cancrelats luisants et agiles, tandis que le sol était occupé par plusieurs araignées moroses. Quant au réservoir à eau des toilettes, il était devenu le domaine de plusieurs grenouilles anémiques aux yeux immenses et d'un petit vampire qui pépiait férocement.

Jacquie, à qui j'aurais dû faire part de mes découvertes, me succéda dans la salle de bains. Elle en ressortit immédiatement, l'air horrifié, avec sa serviette et sa brosse à dents, laissant derrière elle une traînée de savon. Quand elle était entrée, la chauve-souris, dérangée par ces continuelles allées et venues, était sortie de la chasse d'eau et était venue s'accrocher en voletant, devant elle. Jacquie fit remarquer avec aigreur que jusqu'à ce jour elle n'avait jamais considéré les chauves-souris comme un accessoire indispensable à l'hygiène. Je finis par la persuader que, en dépit de son comportement peu amical, cette créature était absolument inoffensive ; mais je doute l'avoir vraiment convaincue car elle ne cessait de surveiller la chauve-souris d'un œil inquiet chaque fois qu'elle entrait dans la salle de bains.

A peine avions-nous fini de défaire nos bagages

qu'un autre membre de la faune locale venait nous saluer ; la gouvernante de la maison, une Paraguayenne au teint et aux yeux sombres qui s'appelait Paula. Elle avait dû être assez jolie, mais maintenant elle était complètement décatie. En dépit de son corps informe, ses mouvements avaient gardé une grâce et une légèreté surprenantes. Elle circulait à travers la maison comme un nuage brun dans le ciel ; tout en fredonnant, les yeux embués, quelque chanson d'amour, elle s'affairait au nettoyage avec une technique très particulière qui consistait à précipiter au sol d'un coup de chiffon tout ce qui se trouvait sur les tables et les chaises, puis à se baisser ensuite en geignant pour le ramasser. Nous ne devions pas tarder à découvrir que Paula occupait, dans la communauté, une certaine position ; elle n'était pas moins que la Madame de l'endroit, avec sous sa garde toutes les jeunes personnes non mariées du village. Tout à la fois manager, entraîneur et protecteur de ces dames, elle assurait ces fonctions très sérieusement. Tous les quinze jours, quand arrivait le bateau qui assurait le trafic sur la rivière, elle descendait à quai avec ses filles et les surveillait d'un œil maternel tout en recrutant des clients parmi l'équipage et les passagers. Bien avant l'arrivée, le bateau donnait un coup de sirène pour s'annoncer ; c'était alors le signal pour Paula qui se précipitait dans sa hutte s'habiller. Elle luttait tout d'abord pour enfoncer ses énormes seins dans un soutien-gorge minuscule et laissait vagabonder ce qui refusait d'entrer ; ce tour de force accompli, elle enfilait une robe de forme aussi effarante que sa couleur et se juchait sur des talons immenses. Puis elle s'aspergeait généreusement d'un parfum agressif et se dirigeait vers la jetée en poussant devant elle sa marchandise bavarde et gesticulante. Elle ressemblait à quelque vieille maîtresse d'école essayant de tenir son petit troupeau indiscipliné. Étant donné l'importance de sa position, tout le monde, y compris le gendarme de l'endroit, lui mangeait dans la main. Elle ne reculait devant aucune tâche et ne refusait jamais rien; qu'il s'agisse de cigarettes brésiliennes de contrebande, ou d'autre chose, elle dépêchait immédiatement ses filles à travers le village pour vous les procurer. Malheur à celui qui refusait d'aider Paula — sa position dans le village (biologiquement parlant) devenait impossible. Elle était décidément — nous le découvrîmes bientôt — une alliée précieuse.

J'étais impatient de prendre contact avec la campagne, mais je dus refréner mon envie. Le reste de la journée se passa à déballer notre équipement et à nous organiser. Rafael s'enquit auprès de Paula de la façon de se rendre dans l'intérieur du pays. On pouvait y aller à cheval, en char à bœufs, ou en *autovia*. L'autovia était ce que nous appelions le chemin de fer du Chaco, bien que ce terme soit vraiment exagéré. C'étaient deux rails étroits sur lesquels on faisait rouler de vieilles Ford hors d'usage. Ce moyen de transport s'enfonçait sur quelque deux cents kilomètres à l'intérieur du Chaco, et c'était pour nous une aubaine. Paula ajouta qu'en nous rendant dans le village, nous verrions les autovias et qu'un chauffeur nous indiquerait l'heure du prochain départ. Nous partîmes, Rafael et moi, jusqu'au chemin de fer de Chaco.

Nous eûmes du mal à trouver la ligne, à l'autre bout du village, car elle était envahie par les mauvaises herbes. Sa vue me glaça d'épouvante. La ligne avait quatre-vingts centimètres de large et chacun des rails était si déformé par l'usage, tellement sinueux, qu'on eût dit un serpent se tortillant à travers les herbes. Je n'arrivais pas à comprendre qu'un véhicule pût se maintenir sur de tels rails. Quand j'appris plus tard l'allure à laquelle marchaient les autovias, c'est un vrai miracle que nous ayons survécu à tant de voyages.

Nous découvrîmes, parquées un peu plus loin, quelques vieilles autovias délabrées, et sous un arbre, endormi dans l'herbe, un chauffeur tout aussi minable. Nous le réveillâmes. Il y avait bien, en effet, une autovia qui partait le lendemain matin pour un trajet d'une vingtaine de kilomètres, et naturellement nous pouvions faire la promenade. Je m'efforçai de ne pas penser aux rails que je venais de voir, et je répondis que c'était d'accord; ce voyage nous permettrait de nous faire une idée du pays et aussi de voir les oiseaux. Nous remerciâmes le chauffeur qui marmonna entre ses dents « *Nada... nada...* il n'y a pas de quoi », avant de reprendre son sommeil interrompu. Nous rentrâmes pour annoncer la bonne nouvelle à Jacquie, mais sans mentionner l'état du matériel.

Le lendemain, un peu avant l'aube, Paula vint nous réveiller. Elle apportait le thé de sa démarche ondulante, et nous adressa ce sourire merveilleux et réconfortant qui semble réservé à ceux qu'on réveille avant l'aube. Puis elle partit dans la chambre de Rafael qui, moins sensible que nous au sourire en question, lui répondit par des grognements inintelligibles.

Dehors, il faisait encore sombre, mais le chant des cigales était déjà ponctué, de temps à autre, par le cri d'un coq ensommeillé. Rafael apparut, en pyjama, ses lunettes sur le nez.

— Cette femme! dit-il d'un air plaintif. Elle a l'air si contente de me réveiller...

— Ça vous fait le plus grand bien de vous lever de bonne heure, dis-je. Vous passez la moitié de votre existence endormi comme un ours qui hiberne.

— Il a raison, c'est très sain de se lever de bonne heure, renchérit Jacquie, hypocrite, en étouffant un bâillement.

— Vous restez dans cette tenue? demandai-je à notre ami qui, visiblement troublé, semblait peser nos remarques. A votre place j'irais comme vous êtes, repris-je sur un ton facétieux, c'est une tenue très adéquate... et si vous oubliez de prendre vos lunettes, vous ne verrez pas les moustiques.

— Moi, pas comprendre, finit par dire Rafael qui ne parlait pas très bien notre langue.

— Vous ne perdez rien... mais habillez-vous, car l'autovia ne vous attendra pas.

Une demi-heure plus tard, installés dans l'autovia, nous défilions avec fracas le long de la rivière couleur d'opale dans la brume du matin. A peine avions-nous quitté les abords du village et laissé derrière nous le dernier chien essoufflé que le soleil parut soudain

70

derrière les arbres, inondant tout de sa lumière et balayant les dernières couleurs qui traînaient encore à l'est ; puis roulant et tanguant, nous nous enfonçâmes dans les forêts du Chaco.

Les arbres n'étaient pas spécialement grands, mais si rapprochés que leurs branches s'entrecroisaient, et au-dessous, le sol envahi par l'eau était recouvert de buissons épineux et — chose étrange — de cactées de toutes sortes : certaines étaient garnies de petites touffes d'épines jaunes, soudées entre elles par les bords et recouvertes de fleurs mauve pâle ; d'autres, telles des pieuvres, étalaient leurs longs bras sur le sol ou venaient s'enrouler autour des troncs d'arbres qu'elles emprisonnaient ; d'autres enfin ressemblaient à de gros bonnets de hussards recouverts d'un voile d'épines noires. Certaines de ces cactées plongeaient à mi-hauteur dans l'eau. Toute une floraison de plantes minuscules, coiffées de délicates fleurs rouges en forme de cupules, poussaient entre les rails, et nous avions l'impression de rouler sur un tapis.

Par endroits, la forêt s'interrompait pour faire place à de vastes étendues d'herbe saupoudrées de grandes fleurs éclatantes — et striées par des rangées de palmiers aux souples frondaisons comme des fusées vertes se détachant sur le ciel. Sur ces champs évoluaient des oiseaux pas plus grands que des moineaux, noir de jais sur la partie supérieure du corps, et blanc comme l'hermine sur la poitrine et la gorge. Ils étaient perchés tantôt sur des tiges rigides, tantôt sur des arbres morts ; de temps à autre ils s'envolaient pour attraper un insecte au passage, puis revenaient se percher — leur corsage luisant scintillant sur l'herbe comme une étoile filante. Les gens du pays les surnomment *fluor blanca* — la fleur blanche — nom qui leur sied parfaitement. Devant nous, autour de nous, ce n'était qu'un immense champ de fleurs qui voletaient et se posaient tour à tour.

Ce qui frappait le plus dans ce décor, c'était des arbres dont le tronc enflait, dès sa sortie du sol, comme une outre; leurs branches, courtes et tordues, portaient de petites feuilles timides vert pâle. Ils se dressaient par groupes avec leurs troncs obèses comme gorgés de terre.

— Comment appelle-t-on ces arbres? demandai-je à Rafael, dans le fracas des roues.

— *Palo borracho,* me répondit-il; vous voyez, Gerry, comme ils ont l'air enflé. Les gens prétendent que c'est parce qu'ils ont trop bu.

— Ah oui, dis-je, *Palo borracho*... le bâton ivre! Comme c'est drôle... D'ailleurs toute la forêt a l'air ivre!

En effet le décor tout entier apparaissait comme une nature en délire qui avait rassemblé en désordre des plantes de climat tempéré et de climat sub-tropical. Partout les palmiers se penchaient paresseusement, et les épineux s'enroulaient autour d'eux en une étreinte enivrée; des fleurs élégantes voisinaient avec des cactées mal rasées, et partout les palos borrachos pansus — tels des buveurs de bière — formaient avec le sol un angle inquiétant. Au milieu de cette ivresse florale les petits oiseaux, en plastron immaculé, s'affairaient comme des garçons de café.

Un ravissant paysage, surgi à un tournant de la route, devait m'initier à un des plus grands inconvénients de la nature; c'était un marais bordé de palmiers dans lequel quatre cigognes *jabiru* cherchaient leur nourriture. Elles avançaient à travers les herbes et les petits canaux brillants, majestueusement, comme des prédicateurs noirs en surplis blanc conduisant une procession. Leur corps était d'une blancheur immaculée, mais la tête et le bec, blottis dans les épaules voûtées étaient noir anthracite; elles s'arrêtaient parfois et, perchées sur une patte, secouaient leurs ailes avec grâce. Je criai au mécanicien de stopper — ce qu'il fit, l'air surpris — et l'autovia, dans un grincement, s'arrêta à une vingtaine de mètres des cigognes, qui ne parurent pas troublées le moins du monde. Je m'étais mis en position d'observation, bien calé sur la banquette de bois et cherchais mes jumelles, quand un moustique d'une grosseur inhabituelle et rayé comme un zèbre, s'éleva du marais et, en vrombissant, vint se poser sur mon bras. Je l'éloignai d'une tape et ajustai mes jumelles, mais quatre autres moustiques avaient découvert mes jambes. Autour de moi, je découvris avec horreur que le léger brouillard qui glissait sur l'herbe était un nuage d'insectes s'abattant joyeusement sur l'autovia. En quelques secondes nous fûmes prisonniers de ce nuage; après s'être attaqués à tout ce qui n'était pas protégé — visage, cou, bras — ils commencèrent à mordre à travers les vêtements sans rien perdre de leur vigueur. Tout en me débattant, je priai le chauffeur de repartir, car si enthousiaste soit-on, on ne peut observer les oiseaux dans de telles conditions. Nous avions tort de nous croire complètement à l'abri. A peine avions-nous recommencé à rouler que quelques-unes de ces bestioles, plus obstinées que les autres, réussirent à nous accompagner pendant près d'un kilomètre. L'étude de la nature, et spécialement la photographie étaient devenues par trop fastidieuses, car les différentes manœuvres, manipulation des lentilles, etc. nécessitaient la présence de quelqu'un pour éloigner les moustiques. Arrivé à Puerto Casado, je n'avais pris que sept à huit mètres de film et nous étions tous trois rouges comme des homards et tout enflés. Malgré ce qu'elle avait pu avoir de déplaisant, cette première incursion dans l'intérieur nous avait donné une idée du type de nature dans laquelle nous allions travailler et des obstacles que nous allions vraisemblablement rencontrer. Il s'agissait maintenant de nous attaquer au vrai travail : celui qui consistait à arracher des profondeurs de la Forêt Ivre infestée de moustiques, la faune qu'elle abrite.

4

LES TATOUS-ORANGES

Quarante-huit heures après notre arrivée nous était apporté le premier spécimen, capturé par les habitants du village. Il était extrêmement tôt, ce matin-là, et les cigales et les grenouilles se disputaient avec le coq la suprématie du bruit. Un cri si puissant qu'il étouffa les autres me réveilla. Bondissant dans mon lit, je regardai Jacquie. Avant que nous ayions eu le temps d'échanger le moindre mot, un autre cri déchirant nous parvint et cette fois je sus d'où il provenait : de la cuisine.

— Mon Dieu! dit Jacquie, on dirait Paula... qu'est-ce qui peut bien se passer?

Je sortis du lit et cherchai mes pantoufles.

— Ma parole, dis-je, on dirait qu'on la viole.

— Non, répondit ma femme d'une voix ensommeillée, elle ne crierait pas pour ça.

Je lui jetai un regard désapprobateur et me dirigeai vers la véranda encore enveloppée de brume. Là, je surpris une scène bien curieuse. La porte de la cuisine était grande ouverte et sur le fond éclairé du foyer se détachait notre gouvernante, les poings sur les hanches, sa magnifique poitrine se gonflant sous les efforts qu'elle faisait pour se faire comprendre de son interlocuteur. C'était un petit Indien, vêtu d'un gilet et d'un pantalon déguenillés, avec dans une main un vieux chapeau de paille et dans l'autre quelque chose qui ressemblait à un ballon de football. Il parlait à Paula d'une voix douce comme pour la calmer, puis lui tendit l'objet. Paula recula d'un air indigné et poussa un autre cri, si terrible cette fois-ci, qu'un gros crapaud, paisiblement installé près de la porte, s'enfuit d'un bond dans le buisson d'hibiscus. L'Indien, moins impressionnable que le crapaud, posa son chapeau sur le sol, y plaça l'objet et se lança dans de grandes gesticulations entrecoupées de discours. Reprenant son souffle, Paula le foudroya du regard et lui jeta une bordée d'injures. Une scène pareille à 5 heures du matin me dépassait et je fis mine de m'éloigner.

— Au revoir, lançai-je d'une voix forte.

L'effet fut immédiat. L'Indien ramassa le chapeau contenant le ballon, le serra contre lui, s'inclina et recula dans l'ombre. Remontant sa poitrine, Paula amorça une révérence pleine de grâce et se précipita vers moi toute tremblante d'émotion.

— Ah, senor, me dit-elle en joignant les mains avec ferveur, ah, senor, *que hombre... buenos dias, senor*.

Je la regardai, le sourcil froncé et, faisant appel à mes connaissances d'espagnol, je dis en désignant l'Indien :

— *Hombre, Hombre, por qué usted argumentos?*

Paula se précipita dans l'ombre où se tenait l'Indien et parvint, non sans peine, à l'en extirper; elle le poussa devant moi où il resta la tête inclinée, puis dans un geste superbe elle pointa sur lui un gros doigt brun.

— *Hombre,* répéta-t-elle grondante de fureur, *hombre... no bueno!*

— Pourquoi? demandai-je, un peu peiné à cette idée.

— Vous demandez *por qué?*

Paula me regarda comme si j'avais perdu la raison.

— Oui, *por qué?* répétai-je comme dans un chœur.

— *Mire, senor,* regardez! Mais regardez donc! cria-t-elle en s'emparant du chapeau que l'Indien tenait serré contre lui et en me montrant le ballon niché à l'intérieur.

L'objet ressemblait à un petit ballon de football. Nous le contemplâmes tous les trois en silence, puis Paula, qui avait rechargé ses batteries, repartit en espagnol à la cadence d'une mitrailleuse et le seul mot que j'arrivais à saisir et qui revenait toujours était *hombre.* Je décidai d'appeler à l'aide.

— *Momento,* un moment, dis-je en levant la main et en repartant vers la maison.

— Mais enfin, que se passe-t-il? demanda Jacquie.

— Je n'en ai pas la moindre idée, si ce n'est que Paula est déchaînée contre un Indien qui cherche à lui vendre quelque chose qui ressemble à un plum-pudding.

— Un plum-pudding?

— Oui... enfin quelque chose qui tient du plum-pudding et du ballon de football, et je viens chercher Rafael pour qu'il m'explique de quoi il est question.

— Mais tu plaisantes... un plum-pudding!

— Ah, tu crois! Nous sommes ici en plein Chaco... et tout est possible.

Rafael, enroulé dans ses couvertures, ronflait comme un bienheureux. Je les soulevai et lui donnai une tape sur le derrière. Il poussa un grognement. Au bout d'une seconde tape il s'assit et me regarda la bouche grande ouverte.

— Debout, Rafael! J'ai besoin d'un interprète.

— Oh, non, Gerry! Pas maintenant, dit-il en geignant et en fixant sa montre de ses yeux myopes. Il n'est que 5 h 30 et j'ai sommeil.

— Allons... debout Rafael... vous êtes l'interprète...

Il chaussa ses lunettes. Froissé dans sa dignité, il me toisa du regard :

— Je suis l'interprète, c'est vrai, mais pas à une heure pareille.

— Cessez de parler, Rafael, et habillez-vous. J'ai besoin de vous. Paula s'est lancée dans une histoire avec un Indien, et je ne comprends pas un traître mot.

— Oh, ce Chaco! dit Rafael amer, en enfilant ses chaussures et son pantalon.

Et tout en continuant de protester il me suivit à la cuisine.

— *Buenos dias,* dit-il les yeux encore pleins de sommeil en regardant Paula et l'Indien, puis l'objet dans le chapeau.

Avec des gesticulations, Paula commença le récit de

ce qui s'était passé, s'interrompant de temps à autre pour montrer du doigt le coupable. Son histoire terminée, elle s'appuya, épuisée, contre le mur en portant sa grosse main à sa poitrine haletante.

— Alors, demandai-je à Rafael qui semblait ahuri, que se passe-t-il?

Il se gratta la tête.

— Eh bien, voilà, Gerry... elle dit que cet homme a apporté ici... quelque chose... de sale. Et il lui a menti en prétendant que vous vouliez l'acheter.

— Mais, grand Dieu! qu'est-ce donc que cette chose sale?

Questionné à nouveau, l'Indien leva la tête et sourit timidement.

— *Bicho,* répondit-il en tendant le chapeau.

C'était le premier mot — important pour moi — que j'avais appris en débarquant en Amérique du Sud. *Bicho* signifie littéralement « animal » et n'importe quelle créature vivante correspond à ce nom. Je compris soudain que ce que j'avais pris pour un ballon était un animal. Avec une exclamation de ravissement j'écartai Rafael et arrachai le chapeau des mains du petit Indien; je me précipitai dans la cuisine pour examiner la chose à la lumière. Ramassée en boule, comme un hérisson, la créature en question était un tatou à triple rayure tel que je rêvais de le rencontrer depuis longtemps.

— Rafael, criai-je excité, Venez voir ça.

— Qu'est-ce que c'est, Gerry? demanda-t-il en regardant avec curiosité la créature que je tenais dans mes mains.

— C'est un tatou... vous connaissez, un *peludo*... cette petite espèce qui se roule en boule.

— Ah oui, je sais, dit Rafael qui émergeait lentement de son sommeil. Ici on appelle cela *tatu naranja*.

— Que veut dire *naranja*?

— *Naranja,* c'est l'orange en espagnol.

— Bien sûr... je comprends. C'est vrai qu'il a l'air d'une grosse orange quand il est roulé sur lui-même.

— Vraiment? dit-il avançant le doigt avec prudence, vous voulez ça?

— Bien sûr! J'en veux des tas. Demandez-lui, Rafael, où il l'a trouvé et combien il en veut... et surtout s'il peut m'en procurer d'autres.

L'Indien avait sa revanche et se tenait contre la porte, l'air épanoui. Aux questions de Rafael, il secoua la tête vigoureusement et répondit dans un espagnol hésitant.

— Il peut vous en apporter autant que vous voudrez, traduisit Rafael. Il y en a plein dans la forêt. Il demande combien il doit en rapporter.

— Au moins... six. Mais quel est son prix?

Après un marchandage d'une dizaine de minutes, Rafael se tourna vers moi.

— Ça vous va, cinq *quarani?*

— Ça me paraît raisonnable, répondis-je. Je vais lui payer celui-ci... Autre chose... demandez-lui s'il pourrait me montrer l'endroit où il les trouve... voulez-vous?

Autre conciliabule entre Rafael et l'Indien.

— Il dit qu'il veut bien mais... c'est dans la forêt et il faut y aller à cheval.

— D'accord, répondis-je, ravi. Qu'il vienne cet après-midi et nous irons ensemble.

Rafael transmit ma proposition et l'Indien approuva de la tête avec un large sourire plein de gentillesse.

— *Bueno... muy bueno,* dis-je en souriant à mon tour, et maintenant je vais chercher son argent.

Je me précipitai vers la maison, le tatou dans mes mains. Paula soupirait d'indignation mais je n'étais pas d'humeur à m'intéresser à cela. Je trouvai Jacquie, assise sur le lit, en train de contempler mélancoliquement ses bras piqués par les moustiques.

— Regarde ce qu'on vient de m'apporter, dis-je tout joyeux en faisant rouler mon tatou sur le lit.

J'oubliais toujours, dans mon enthousiasme, que ma femme n'était pas encore gagnée par la passion du collectionneur. A la vue de l'objet en question, elle bondit du lit et gagna l'autre bout de la chambre dans une envolée de ballerine.

— Qu'est-ce que c'est? demanda-t-elle, se sentant plus en sécurité.

— Mais voyons, chérie... c'est parfaitement inoffensif... c'est un tatou.

— Comment pouvais-je le deviner?

— Je t'assure qu'il ne te fera aucun mal... vraiment... viens voir.

— Je n'en doute pas... mais je n'ai pas l'intention de jouer avec lui dans mon lit, à 5 heures du matin. Pourquoi ne le mets-tu pas sur ton lit?

Je l'y déposai avec tendresse, puis partis payer l'Indien. A notre retour, Rafael et moi trouvâmes

Jacquie assise dans son lit l'air très malheureux. Je jetai un coup d'œil sur mon lit et vis, avec horreur, que le tatou n'y était plus.

— Ne t'inquiète pas, dit Jacquie d'une voix suave, cette exquise chose est en train de se mettre en boule.

Je fouillai sous les couvertures et sentis le tatou qui se débattait pour sortir des draps. Je l'en extirpai et tout de suite, il se remit en boule. Assis sur le lit, je l'examinai. Il avait la taille d'un petit melon, avec sur un côté trois bandes (d'où son nom); ces bandes de corne étaient séparées par une mince ligne de peau gris rosé qui faisait office de charnière. De l'autre côté de la balle la tête et la queue apparaissaient dans le dispositif de l'armure. Ces deux extrémités étaient défendues à leur sommet par une section blindée rugueuse en forme de triangle isocèle. Une fois la tête et la queue repliées, les deux pièces de la cuirasse se rejoignaient pour former un triangle qui bloquait en fait l'entrée vulnérable conduisant aux flancs sensibles du tatou. A la lumière, cette armure était de couleur ambre et composée comme une délicate mosaïque. Ayant expliqué à mon auditoire combien était merveilleuse l'anatomie extérieure de cette créature, je la

déposai sur le sol et, en silence, nous attendîmes qu'elle se déroulât. La boule resta inerte quelques minutes, puis elle commença à s'agiter faiblement. Une faille apparut au milieu du triangle formé par la tête et la queue et, à mesure qu'elle s'élargissait, une sorte de petit grouin se montra. Le tatou entreprit alors de se dérouler; à une vitesse surprenante il s'ouvrit comme un bourgeon étrange, laissant entrevoir un ventre rose et ridé, couvert de poils blanc sale, des jambes courtes et rosées et une petite face triste comme celle d'un porc en miniature, avec des yeux sombres et saillants. Il se retourna, et on ne vit plus de lui, sous sa carapace, que la pointe de ses pieds et quelques touffes de poil. Couverte de piquants et d'excroissances, sa queue se projetait hors de l'armure à la manière d'un gourdin. La tête, ornée d'une coiffure triangulaire, portait de chaque côté la minuscule reproduction d'une oreille de mulet. Sous cette coiffure cornée, on distinguait les joues, le nez rose et les petits yeux inquiets qui brillaient comme deux perles de goudron. Les pattes arrière, semblables à celles d'un rhinocéros en miniature, étaient rondes avec des ongles courts. Quant aux pattes avant, elles semblaient ne pas lui appartenir tant elles étaient différentes des autres ; armées de trois griffes recourbées, dont une plus longue au milieu, elles rappelaient les serres de quelque oiseau de proie. Son arrière-train reposait sur ses pattes arrière complètement plates, tandis que l'avant de son corps portait uniquement sur cette longue griffe médiane : sa patte soulevée ne touchant pas le sol, il avait l'air de faire les pointes. Il resta quelques instants complètement immobile — le nez et les oreilles s'agitant nerveusement —, puis il se mit en mouvement, ses petites jambes se déplaçant à une vitesse inimaginable, tandis que les griffes cliquetaient sur le sol dallé. A le voir avancer ainsi, sans bouger le corps, sur ces petites pattes qui frappaient à un rythme régulier, on songeait non pas à un animal, mais à un jouet mécanique — surtout que n'ayant pas vu le mur, il alla buter dedans. Nous entendant rire, il s'arrêta et s'arqua en position de défense, prêt à se mettre en boule. Notre silence lui redonna confiance et il se mit à renifler le mur, puis l'attaqua à coups de griffes, dans l'espoir, sans doute, de passer à travers. Puis il fit demi-tour et cliqueta à travers la pièce jusque sous mon lit.

— Il a l'air d'un cloporte géant, murmura Jacquie.

— J'adore ce bicho, dit Rafael, l'air épanoui derrière ses lunettes. On dirait un tank, vous ne trouvez pas ?

Le tatou finit par réapparaître et se dirigea vers la

porte. Le malheur voulut qu'à cet instant précis, Paula fasse irruption dans la chambre avec le plateau de thé matinal. Son entrée massive, mais silencieuse — elle était nu-pieds — échappa au tatou dont la vue, apparemment, n'était pas excellente. D'autre part, entre le sol et Paula. il y avait la barrière de son opulente poitrine et le plateau.

Elle s'arrêta au seuil de la porte pour nous adresser son salut matinal.

— *Buenos dias,* dit-elle à l'adresse de Jacquie.

Butant dans les pieds de Paula, le tatou s'arrêta, renifla cet obstacle nouveau, et la douceur de sa matière ne l'ayant pas rebuté, il décida de poursuivre sa route. Avant qu'aucun de nous n'ait eu le temps d'intervenir il avait, pour identifier le terrain, planté sa griffe dans le gros orteil de Paula.

— *Madre de Dios!* hurla-t-elle avec un cri encore plus strident que ceux entendus le matin.

Elle repassa la porte à reculons, portant encore miraculeusement mais pas pour longtemps le plateau en équilibre; à peine s'était-elle engouffrée dans le living-room obscur que le pot de lait s'écrasait sur le sol, juste devant le tatou. Il renifla le lait prudemment, à plusieurs reprises, puis, rassuré, commença à le laper. Malgré notre hilarité, nous nous précipitâmes, Rafael et moi, pour calmer notre gouvernante, complètement bouleversée, et la débarrasser du plateau que je rapportai dans la chambre. L'animal, que ce remue-ménage avait incommodé, était allé s'abriter derrière une pile de valises. On aura une idée de la force de cette petite créature quand j'aurai dit que ces valises étaient bourrées de films, de batteries et de tout un équipement de travail — et que j'avais du mal à en soulever une. Ayant glissé son nez entre le mur et les valises, l'animal les avait poussées de côté comme des boîtes vides. Installé dans sa cachette, il grattait avec acharnement. Au bout d'un instant il se tint tranquille, et je décidai de l'y laisser jusqu'à ce que nous ayons pris le thé.

— Cette femme... quel bruit elle peut faire, dit Rafael, qui réapparut en essuyant ses lunettes.

— Est-ce qu'elle va rapporter du lait?

— Je le lui ai dit. Vous savez, Gerry... elle n'arrive pas à comprendre pourquoi vous voulez des bichos. Elle ne sait pas que nous sommes venus pour ça.

— Vous ne le lui avez pas expliqué?

— Bien sûr que si. Je lui ai dit que nous étions venus au Chaco spécialement pour trouver des bichos pour les *zoologicos*.

— Et qu'a-t-elle dit?

— Que tous les étrangers étaient loufoques... et qu'elle espérait seulement que Dieu la protégerait, me répondit Rafael avec une grimace.

L'opération breakfast achevée, nous nous attelâmes à la construction d'une cage destinée à abriter notre tatou; il fallait la prévoir suffisamment grande pour accueillir tous ceux que nous espérions nous procurer. J'allai arracher à sa retraite notre animal, littéralement coincé entre le mur et les valises. A peine l'en eus-je extirpé qu'il se mit en boule en émettant quelques faibles sifflements; chaque fois que je lui touchais le nez ou la queue, il s'arquait et poussait un petit ronflement d'irritation. Je criai à Jacquie d'apporter le magnétophone, et après l'avoir placé à quelques centimètres de l'animal, je lui touchai le nez légèrement. Sans émettre aucun son, il se referma en une boule compacte et inerte; nous devions tout essayer — cajoleries, petites tapes — sans parvenir à susciter le moindre son. Dégoûtés, nous finîmes par lui faire réintégrer sa cage, et ce ne fut que le lendemain matin qu'il sortit de son silence et que nous pûmes enregistrer d'imperceptibles grognements.

L'Indien arriva, comme convenu, dans l'après-midi, amenant avec lui trois chevaux minables. Après avoir rassemblé nos sacs et nos accessoires de travail, nous prîmes la route pour la chasse aux tatous-boules. Passé le village, nous suivîmes pendant deux kilomètres un sentier longeant la voie ferrée, puis le cheval de notre guide descendit le remblai et chemina le long d'un sentier sinueux qui s'enfonçait à travers une épaisse végétation de buissons épineux et de cactées. Un oiseau-mouche au plumage vert et or, accroché à une fleur de volubilis blanche, la picorait; je tendis la main vers la fleur au-dessus de ma tête, mais il y eut un frémissement léger et l'oiseau s'évanouit, abandonnant la trompette blanche à la brise légère. Nous étions à l'heure la plus brûlante de l'après-midi; c'était une chaleur asséchante et la luminosité était telle que sous les chapeaux à large bord, les yeux étaient éblouis. Les cigales, autour de nous, se gorgeaient de soleil et déchiraient l'air de leurs cris stridents et mécaniques.

Les épineux cessèrent brusquement et nous pénétrâmes dans un grand champ herbeux, entrecoupé de rangées de palmiers géants dont la tête était encore éclairée par le soleil, tandis que sur l'herbe dorée leur tronc projetait leur ombre. Un couple d'ibis à tête noire, ornée de moustaches cannelle et noir, promenaient leur corps gris à travers les herbes, en fouillant les trous d'eau de leur long bec en forme de faux. Ils battirent des ailes en nous voyant et allèrent s'abattre entre les palmiers en poussant leurs rauques « cronk... cronk ». Une large bande de ravissantes fleurs bleues serpentait à travers le champ. C'était une rivière, envahie par les plantes aquatiques et entièrement cachée par un voile de fleurs bleues sous lesquelles s'entremêlaient de larges feuilles luisantes. Leur bleu était si immatériel qu'on eût dit un morceau de ciel posé entre les troncs de palmiers. Nous passâmes la rivière, les sabots des chevaux écrasaient les plantes et les fleurs, faisant apparaître de petits canaux. Des libellules noir et rouge, aux ailes transparentes vibrant au soleil, tournaient paresseusement autour de nous. La rivière une fois passée, et avant de retrouver la forêt et son ombre, je me retournai sur ma selle pour contempler une dernière fois le tapis de fleurs bleues, foulé par notre passage et qui, encore frémissant, redevenait peu à peu immobile.

De nouveau, ce fut l'ombre chaude des palmiers et les buissons d'épineux; un toucan solitaire prit peur à notre passage. Avec son énorme bec jaune, ses yeux cernés de taches bleues et son plumage aux couleurs si tranchées — noir sur le dos, blanc sur la poitrine — il ressemblait à un clown en habit, encore maquillé. Il nous regarda avancer en tournant la tête d'un côté puis de l'autre avec de petits ronflements d'asthmatique. Un des chevaux s'ébroua soudain; alors, claquant son grand bec et poussant des cris d'alarme, notre toucan s'envola pour disparaître dans un enchevêtrement de branchages.

La végétation d'épineux, progressivement, se fit moins dense et des plaques de sable blanchâtre apparurent, sur lesquelles poussaient des bouquets d'herbe et de cactées. L'herbe était complètement décolorée par le soleil, et le sol n'était qu'une croûte dure qui craquelait sous les sabots des chevaux. Seules les cactées étaient vertes dans ce décor de sable et d'herbe brûlée; elles seules sont susceptibles de capter la moindre rosée ou goutte de pluie, puis de la stocker et de vivre sur cette réserve, tout comme un animal en hibernation subsiste grâce aux graisses accumulées durant l'automne. De quelques centimètres plus élevée, cette zone n'était pas inondée et détrempée comme les terres environnantes mais constituait un petit îlot de sécheresse, au milieu des terrains marécageux qui l'entouraient. Dans l'immensité uniformément plate qu'est le Chaco, toute élévation de terrain venant rompre cette monotonie faisait figure de montagne. Soudain notre guide échangea quelques mots avec Rafael qui amena son cheval à ma hauteur.

— C'est ici, Gerry, me dit-il, les yeux brillants d'excitation derrière ses lunettes, qu'on trouve les tatous. Maintenant, marchons en file indienne, les uns derrière les autres. Compris? Quand vous verrez le tatou, vous accélérerez l'allure et le tatou se mettra en boule.

— Il n'y a pas de danger qu'il se sauve?

— Non. L'Indien me l'a assuré.

— Cette histoire me paraît bien curieuse, répondis-je.

— Non, Gerry... il ne va pas se sauver.

— Alors c'est un animal drôlement stupide!

— Oui... l'Indien dit qu'il est *muy estupido*.

Le silence retomba. A cinquante mètres les uns des autres, guidant nos chevaux entre les épineux, nous cheminions au bruit léger des sabots et au grincement des harnais auxquels s'ajoutait l'éternel cri des cigales. Mes yeux s'efforçaient, à travers cette chaleur scintillante, de percer les sous-bois. Une dizaine de coucous guira — telles de petites pies brunes avec leurs longues queues élégantes — s'élevèrent d'un buisson, à notre passage, et s'envolèrent en caquetant bruyamment.

Soudain, sur ma droite, j'aperçus la silhouette bombée d'un tatou, marchant de son pas mécanique à travers les touffes d'herbe. Avec un cri, j'éperonnai mon cheval; sa réaction fut telle que, pour éviter d'atterrir dans les cactées, je dus m'accrocher, comme un bleu, au pommeau de ma selle; puis mon cheval passa au petit galop, soulevant sous ses sabots des nuages de sable blanc. A vingt mètres environ, la victime nous entendit : elle pivota, renifla et avec une rapidité ahurissante elle se mit en boule. Cela justifiait hélas sa réputation d'animal stupide; il lui aurait été facile, en effet, de s'éclipser dans un buisson. A quelques mètres de lui, je mis pied à terre, attachai mon cheval et avançai pour ramasser ma prise. Mais l'herbe, à mon grand étonnement, était beaucoup plus haute que je ne l'avais cru et je ne retrouvai plus mon tatou; sachant qu'il ne pouvait pas être bien loin, je continuai à avancer, puis m'arrêtai pour me repérer. Quand je vis où était mon cheval, je compris que j'avais pris la mauvaise direction et furieux contre moi-même, je revins sur mes pas; après avoir erré en tous sens à travers les buissons, je me résignai à rejoindre mon cheval, sans avoir retrouvé l'animal. Vexé de ce que mon tatou se soit ainsi joué de moi, je remontai en selle : le tatou était là, à vingt mètres de moi, dans la même position. Remettant pied à terre j'avançai, en m'arrêtant de temps à autre pour regarder autour de moi. Arrivé dans la zone où il devait être, je marchai lentement, de long en large, et dus répéter deux fois ma manœuvre avant de le voir. Je recueillis dans mes mains la petite créature, toute chaude de soleil, en regrettant mon injustice : elle n'était pas si stupide. Je rejoignis Rafael et l'Indien, et dans les deux heures qui suivirent, nous explorâmes attentivement l'îlot de sol sec et, aussi facilement que nous avions trouvé le premier, nous rencontrâmes trois autres tatous. Puis, le soir venant, nous reprîmes le chemin du retour. En repassant la rivière aux fleurs bleues nous fîmes se lever un nuage de moustiques qui nous escortèrent jusqu'à la maison et qui, à la fin de la promenade, s'étaient tellement gorgés de notre sang que leurs corps transparents ressemblaient à de petites lanternes rouges. La nuit était tombée quand nous atteignîmes le village. Nos chevaux traînaient d'un pas las le long de la route boueuse et des buissons scintillants de milliers de lucioles, tandis que les chauves-souris ouvraient la marche devant nous en poussant de petits couacs presque inaudibles.

Nous trouvâmes Jacquie occupée à écrire en compagnie du tatou qui trottait dignement tout autour de la chambre. Il avait passé tout l'après-midi à jouer avec le grillage de sa cage qu'il avait fini par arracher et elle l'avait rattrapé alors qu'il allait s'engouffrer dans le buisson d'hibiscus. Elle l'avait ramené et laissé en liberté dans le salon jusqu'à notre retour. Le dîner terminé, nous déballâmes sur le sol notre troupe de tatous qui s'ébattirent dans un bruit de castagnettes ; puis, aidé de Rafael, je remplaçai le grillage de la cage par des barreaux de bois. Nous laissâmes celle-ci pour la nuit au milieu du salon afin de nous assurer qu'elle était assez grande pour abriter tous nos tatous. Au matin, les barreaux avaient résisté et les animaux dormaient, couchés en chien de fusil.

Le problème de la cage résolu, je me croyais tranquille, car les tatous sont en général faciles à garder en captivité. Leur nourriture ne devait, logiquement, pas poser de problème. Ils adorent les fruits et la viande, et en outre ils ne sont pas spécialement délicats, car à l'état sauvage, ils ne rechignent pas devant une chair en putréfaction. Les manuels assurant que le tatou rayé, dans la nature, se nourrit d'insectes et de larves, j'avais donc pensé à leur offrir pour commencer ce qui était leur nourriture habituelle, puis à les soumettre peu à peu à une nourriture de remplacement. Nous conformant au manuel, nous chassâmes ainsi pendant des heures les insectes de l'endroit, et en présentâmes aux tatous un assortiment complet. Une surprise nous attendait : au lieu de se pâmer devant l'échantillonnage de vers, chenilles et coléoptères que nous avions eu tant de peine à rassembler, nos animaux semblèrent littéralement paniqués et battirent en retraite avec une expression dégoûtée.

Après cet échec, je repris le régime classique du tatou en captivité — mélange de viande émincée et de lait. Mais s'ils consentaient à prendre un peu de lait, par contre ils refusaient la viande. Ils jeûnèrent ainsi pendant trois jours et je songeais à les remettre en liberté — toute la journée, chacun de nous surgissait à tour de rôle devant la cage avec une idée nouvelle — toujours accueillie avec le même dégoût — lorsque finalement, et par hasard, je trouvai la mixture de leur goût : bananes écrasées, lait, viande émincée, cervelle et œufs crus. C'était à soulever le cœur, mais les tatous adoraient cela. A l'heure du repas, c'était une ruée générale sur l'assiette; ils se bousculaient et le nez enfoui dans cette bouillie gluante, ils grondaient, reniflaient et éternuaient en s'aspergeant les uns les autres.

Cet obstacle vaincu — celui d'un régime alimentaire adéquat — je n'envisageais plus aucune complication. Tout alla bien pendant un temps. Les tatous passaient une partie du jour à dormir, roulés en boule, ou couchés sur le côté dans une position incurvée qui leur permettait de s'emboîter. Ils s'éveillaient, en général, vers 3 h 30, quittaient leur dortoir et venaient faire des pointes tout autour de la cage, en tapotant contre les barreaux et en sortant leur tête pour flairer la venue de la nourriture. Une rixe éclatait parfois entre les mâles — on acculait l'adversaire dans un coin et on s'évertuait à le retourner sur le dos en glissant la tête sous sa carapace ; puis le vainqueur s'attaquait au ventre qu'il grattait frénétiquement comme s'il cherchait à éventrer son adversaire. Bien que presque toujours inoffensifs, ces combats m'inquiétaient — surtout quand ils avaient lieu à l'heure des repas ; car les gros s'en prenaient toujours aux petits qui, de ce fait, ne pouvaient pas s'approcher de la nourriture. Pour parer à ce nouvel inconvénient, je décidai d'apparier les mâles et les femelles de taille à peu près semblable. Je construisis donc une cage que Jacquie appela Sing-Sing, composée de petits appartements, l'un au-dessus de l'autre — chacun avec son dortoir. Notre collection s'était encore enrichie de nouveaux venus et comptait maintenant dix sujets, ce qui donnait quatre couples et deux mâles isolés. Les femelles, à en juger par ce qu'on nous apportait, semblaient moins nombreuses que les mâles. Les couples vivaient maintenant en harmonie dans leurs petits appartements, et l'heure des repas devint calme.

Un jour, après les avoir nourris, Jacquie arriva, l'air soucieux, avec à la main un tatou. Ils avaient depuis longtemps perdu toute crainte et ne se mettaient plus en boule dès qu'on les touchait ; celui-ci, heureux et béat, se laissait tapoter gentiment sur le ventre.

— As-tu vu ses pieds ? me dit Jacquie en me tendant l'animal pour que je l'examine. Regarde ses pattes arrière, insista-t-elle, la chair est absolument à nu.

— Mon Dieu! Mais c'est vrai! Qu'a-t-il bien pu faire?

— Je ne sais pas, répondit Jacquis, mais nous ne sommes jamais tranquilles avec ces créatures.

— Les autres sont dans le même état?

— Je n'ai pas regardé. C'est tout à fait par hasard, en le ramassant, que j'ai vu ses pattes.

A notre grande consternation, tous les autres avaient la plante des pieds mise à nu sur la même surface. Je me creusai la tête pour essayer de comprendre et finis par conclure que le sol de leur cage devait être trop dur pour le sport incessant qu'ils pratiquaient. Nous les sortîmes donc chaque jour de leur cage et tandis qu'ils étaient alignés en rang sur le sol, comme des citrouilles, nous leur enduisions les semelles d'un onguent à la pénicilline. Puis je tentai de remédier à la cause et recouvris le sol de la cage d'une épaisse couche de terre meuble. Opération parfaitement inutile, car au cours des repas, ils projetaient leur pâtée tout autour d'eux, et pataugeaient dans cette colle qui durcissait comme du ciment, non seulement sur le sol, mais sous leurs semelles. Je fis un autre essai — une couche de sciure de bois recouverte de feuilles et d'herbe — et ce fut la solution idéale. En quelques semaines, la peau de leurs pieds s'était cicatrisée, et de ce côté-là, ils ne connurent plus d'ennuis.

Je comprends fort bien que, pour un profane, tant de soins et de temps, accordés à un animal insignifiant, puissent paraître un tantinet déplacés; mais pour nous, cela représentait un succès important. Le travail du collectionneur consiste tout d'abord à trouver une créature délicate, à la capturer, mais il faut ensuite lui donner l'abri et la nourriture adéquats, et résoudre, si besoin est, ses problèmes de santé — tâches exaspérantes parmi d'autres, parfois décevantes, mais inhérentes à la profession, et qui comportent en soi leur récompense. Il est certain que le collectionneur éprouve de la gratitude envers un animal qui s'installe en captivité sans poser de problèmes d'aucune sorte; mais une créature rusée, entêtée ou particulièrement délicate lance un véritable défi qui vous apporte la plus grande des satisfactions si, après bien des efforts, vous en venez à bout.

5

ANIMAUX A GOGO

Nous ne devions pas tarder, grâce à nos efforts et à ceux des habitants, à réunir un nombre si important d'animaux que nous n'avions plus une minute à nous. Entre la construction des cages et leur nettoyage, les enregistrements et la photographie, nous n'étions pas trop de trois personnes, et je décidai donc de confier à un menuisier la fabrication des cages. Et cela à contre-cœur, car je n'ignorais pas que j'allais au-devant de difficultés certaines en chargeant un artisan, même habile dans sa spécialité, d'exécuter un travail nouveau. C'est ainsi que le lendemain, grâce à l'intervention de Paula, nous vîmes arriver un petit homme rond au visage éveillé comme celui d'un poisson rouge, et à la voix rauque, qui s'appelait Anastacius. Après lui avoir expliqué longuement ce que nous attendions de lui, nous le laissâmes faire ses preuves. Non seulement il sifflait faux et sans interruption, mais sa conception de la menuiserie semblait consister à taper sur les clous avec force, comme pour les assommer, de sorte qu'ils n'avaient aucune chance de pénétrer dans le bois. Après deux heures d'une lutte sonore avec le marteau et qui nous valut à tous trois une solide migraine, il vint nous montrer le résultat.

Une cage à oiseau est pourtant une chose bien simple à construire : il s'agit d'un grillage, d'un sol dans lequel on ménage une ouverture pour le nettoyage, de deux perchoirs et d'une porte permettant d'y passer la main. Ce qu'avait réussi à produire Anastacius était vraiment inimaginable : l'intérieur était une espèce de cimetière de clous tordus et écrasés ; quant au grillage, il était complètement gondolé par les grosses mains maladroites de notre artisan ; la porte, une fois fermée, était impossible à ouvrir et une fois ouverte, ne permettait pas d'y passer la main ; quant à l'ouverture de propreté, sur le plancher, elle était assez vaste pour que n'importe quel oiseau — sauf peut-être un vautour — puisse s'échapper aisément. En silence, nous contemplâmes le travail.

— Je crois, finit par dire Rafael, qu'on a avantage à faire ça nous-mêmes. Vous ne croyez pas, Gerry ?

— Non. Nous avons trop de travail. Laissons-le continuer. C'est bien le diable s'il ne fait pas de progrès.

— J'en doute, dit Jacquie. Que peut-on mettre dans une cage pareille ? Il faudrait que ce soit un animal apprivoisé, pour qu'on puisse le rattraper s'il s'échappe.

Pendant une semaine, le Boucher — comme nous l'appelions — resta à notre service : non seulement il n'y avait pas de progrès, mais chaque cage qui sortait de ses mains était pire que la précédente. Ce fut le comble quand je lui demandai de me faire une cage spéciale habillée d'étain. Il avait fixé l'étain selon sa technique habituelle, qui consistait à enfoncer d'énormes clous de l'extérieur, sans en rabattre les extrémités — ce qui fait que l'intérieur de la cage était une espèce de chambre de torture où les animaux devaient forcément s'empaler.

— Je n'en peux plus, dis-je à Rafael. Il faut que cet homme s'en aille; c'est un malade mental. Vous avez vu cette cage? Renvoyez-le et demandez à Paula qu'elle nous trouve quelqu'un d'autre — de moins stupide.

Ainsi, le Boucher s'en retourna à ses travaux de démolition; le matin suivant, Paula apparut suivie d'un homme jeune et mince à l'air timide, coiffé d'une casquette à large visière, qu'elle nous présenta comme le nouveau menuisier, et dont elle nous vanta l'habileté et l'intelligence. Il examina attentivement les cages que nous avions fabriquées, Rafael et moi, et nous assura qu'il pouvait en exécuter de semblables.

— Parfait, dis-je à Rafael. Comment s'appelle-t-il?
— *Como se llama?* demanda Rafael.
— Julius Cesar Centurian, répondit l'homme avec un petit rire embarrassé.

C'est ainsi que nous entrâmes en contact avec Julius qui fut le plus charmant et le plus aimable des garçons et aussi le plus ingénieux. Et ce qui était encore plus important, c'était un excellent ouvrier, sur lequel nous pouvions nous reposer pleinement.

Dans toute collection d'animaux, il est rare que l'on ne s'attache pas particulièrement à l'un ou deux d'entre eux — non pas pour leur rareté ou leur étrangeté, ni même leur intelligence. Mais plutôt par quelque chose qui échappe à l'analyse et qui fait qu'on est séduit dès la première minute. Ils possèdent cette qualité de rayonnement et de charme qui les sort du lot. Nous eûmes tout d'abord trois de ces personnalités auxquelles devait se joindre, plus tard, une quatrième qui éclipsa toutes les autres. Les trois créatures étaient aussi dissemblables que possible, mais toutes avaient en commun cette marque fondamentale qui faisait d'elles des individualités — et non de simples spécimens.

Parmi elles, Cai, la guenon douracouli, venait en tête. Elle nous fut apportée, un jour, par un Indien assez repoussant, coiffé d'un vieux chapeau de paille orné d'un ruban bleu. J'étais ravi; en effet, j'ai une passion pour les singes, mais les douracoulis m'intéressent particulièrement, car ce sont les seuls singes nocturnes. Cai avait la taille d'un petit chat et le dessus de son corps était recouvert d'une fourrure gris verdâtre, un peu comme du lichen, et la poitrine et le ventre étaient d'un joli ton orange pâle qui allait en dégradé jusqu'au beige. Ses oreilles, toutes petites, disparaissaient dans la fourrure, et ses yeux pâles, aussi énormes que ceux d'un hibou, étaient entourés d'un cercle de fourrure blanche bordée de noir. A travers cette espèce de loup apparaissaient deux gros yeux d'ambre et, avec ses oreilles invisibles, Cai ressemblait à un hibou. Elle était en piteux état, et si nerveuse que pendant trois jours il nous fut impossible de faire quoi que ce soit pour elle. Nous nous contentâmes de l'attacher à un piquet près d'une caisse où elle pouvait s'isoler; et au début elle y passa tout son temps, prostrée. Dès qu'on l'approchait, elle se recroquevillait et nous fixait de ses grands yeux épouvantés, tandis que ses petites mains tremblaient de peur. Elle était affamée et se jetait sur la nourriture. Mais si grande que fût sa faim, elle ne sortait jamais de sa boîte pour venir se nourrir en notre présence. Je réussis un jour à lui attraper un lézard que je tuai; accroupi près de sa boîte, je lui tendis le régal encore tout palpitant dans le creux de ma main. Elle jeta un coup d'œil sur cette friandise et elle en eut si grande envie qu'elle oublia toute prudence. Bondissant hors de sa boîte avec un petit cri, elle se saisit du lézard et s'accroupit en face de moi. Pour la première fois elle s'était enhardie et voulut battre en retraite, quand, soudain, la queue du lézard s'agita dans un dernier soubresaut. Sans plus penser à ma présence, elle regarda la queue attentivement puis l'arracha d'un coup de dent; et la tenant d'une main, elle s'accroupit pour la mordiller comme une branche de céleri. J'attendais immobile qu'elle ait fini son repas, et tout en mangeant, elle m'observait de ses gros yeux limpides. Le dernier petit morceau de lézard mastiqué, elle le retira de sa bouche pour l'examiner, puis finit par l'avaler; elle inspecta soigneusement ses mains et le sol autour d'elle pour s'assurer qu'il n'en restait pas la moindre parcelle. Elle étira alors sa patte arrière, se gratta vigoureusement la cuisse, et disparut dans sa boîte. De ce jour naquit sa confiance.

Cai ne tarda pas à nous faire comprendre qu'elle ne

se sentait pas à l'aise, ainsi attachée au milieu de la pièce et qu'elle avait besoin d'un peu plus d'intimité. Elle eut donc droit à une cage. C'était une construction étroite et haute avec, en haut, une planche qui formait une sorte de petite chambre. Elle adorait sa maison et y passait le plus clair de son temps, la tête et les pattes dehors. Elle s'endormait dans cette position, en fermant d'abord les yeux à demi, puis les rouvrant brusquement; alors ses paupières s'abaissaient de nouveau; elle dodelinait un peu de la tête, se réveillait encore une fois, puis finissait par plonger et s'endormir paisiblement, la tête sur ses pattes. Au moindre bruit, ses grands yeux s'ouvraient immédiatement; elle sortait de son appartement pour voir ce qui se passait, et dans son excitation elle se tordait le cou et renversait la tête. Rien ne devait lui échapper et sa curiosité était telle qu'elle épiait tout, même ce qui l'effrayait. C'est ainsi que parfois elle assistait à l'arrivée d'un nouvel hôte — un serpent. Elle laissait échapper toute une série de petits couics aigus, et la curiosité l'emportant sur la peur, elle descendait s'installer devant le grillage pour regarder de ses yeux horrifiés, tout en vérifiant derrière elle que la voie était libre et la fuite possible. Si elle jugeait que le reptile ne gardait pas suffisamment ses distances, elle regagnait d'un bond la branche près de sa chambre et là, assise face à la porte, elle continuait à observer le reptile, pardessus son épaule. Pour une créature nocturne, elle passait la plus grande partie de la journée éveillée, à regarder autour d'elle.

Un jour que j'évidais un vieux tronc pour le pivert, je découvris, cachés sous l'écorce, quelques beaux cafards bien en chair. Tout de suite je songeai au régal que ce serait pour Caï, et les lui apportai. Je la trouvai étendue, les membres écartés, prenant son bain de soleil sur le plancher de sa cage, les yeux clos, la bouche entrouverte dans une expression de volupté. Elle s'éveilla en entendant ma voix et s'assit en battant des paupières. Par la porte de sa cage, je laissai tomber le plus beau et le plus rapide de mes cancrelats, pensant qu'un peu de sport l'amuserait. Pas bien réveillée, elle ne parut pas intéressée et s'éclipsa dans sa chambre, tandis que la bestiole parcourait en tous sens le sol de la cage en agitant ses antennes. Après quelques instants, Caï se décida à voir ce que je lui avais apporté et, prudemment, sortit la tête par la porte. A demi rassurée, ouvrant des yeux démesurés, comme toujours quand elle était en proie à la peur ou à l'excitation, elle regarda longuement le cancrelat. Le jugeant inoffensif — et sans doute comestible —, elle descendit de son grenier et vint s'asseoir devant lui pour le regarder de plus près, les bras croisés sur l'estomac. Puis elle avança une main timide, et d'un doigt, lui donna une légère tape sur le dos. Affolé, l'insecte se mit à fuir éperdument, et Caï recula, effrayée, en s'essuyant la main contre la poitrine. Lancé dans une course pour la vie, le cancrelat, ayant gagné le devant de la cage, entreprit de se glisser à travers le grillage. Avec un gazouillis aigu, Caï s'élança, mais trop tard. Je rattrapai la bestiole et la remis dans la cage; cette fois-ci Caï la poursuivit en lui donnant de petites tapes régulières sur le dos et en reniflant ses doigts. Malgré un certain dégoût, elle jugea la victime comestible. Les yeux fermés et l'air décidé, elle saisit le cancrelat à deux mains et l'engouffra. Les pattes de l'insecte se tortillaient et pendaient de sa bouche comme des moustaches à la gauloise. Je décidai désormais de tuer les cancrelats avant de les lui offrir; l'insecte étant, en effet, plus rapide à s'enfuir qu'elle à attaquer.

Dès qu'elle eut compris que sa petite chambre était une retraite sûre, elle se transforma complètement; la petite créature nerveuse qu'elle était s'apprivoisa et devint confiante au point de se laisser caresser et de se prêter à des jeux. C'est ainsi que Jacquie cachait dans sa main un petit morceau de banane ou un grain de raisin et la tendait à Cai. Celle-ci descendait et, assise devant Jacquie, lui ouvrait la main, doigt après doigt, pour trouver la friandise. Grâce au régime auquel elle était maintenant soumise — fruits en abondance, insectes, deux bols de lait par jour auxquels nous ajoutions un œuf cru et des vitamines — elle ne tarda pas à prendre du poids et sa fourrure s'épaissit et devint brillante. Personne n'aurait pu reconnaître la pauvre petite créature terrifiée qu'elle était à son arrivée. Le mérite en revenait entièrement à Jacquie — que d'ailleurs Cai me préférait — car c'était elle qui s'occupait de sa nourriture et de ses soins, et jouait avec elle pour éviter qu'elle ne s'ennuie. Je peux dire (sans aucune vanité, puisque je n'y suis pour rien) qu'à son arrivée en Angleterre, Cai dépassait en force et en beauté tous les douracoulis des autres zoos.

Pendant quelque temps, souveraine incontestée de

notre camp, Cai dut partager son prestige avec une autre créature. Ce rival, quand nous le sortîmes de son panier, ressemblait à un minuscule chow-chow duveteux, à la queue rayée noir et blanc. Sa petite figure était recouverte — par quel jeu de la nature? — d'une sorte de masque de fourrure noire troué de deux yeux bruns un peu tristes. Debout devant nous sur des pieds plats et démesurés, il avait l'air désemparé d'un bandit de grand chemin qui aurait perdu son pistolet. Le dessous de ses pattes était rose, les doigts fins et allongés comme des doigts d'artiste. C'était un bébé crabier (genre de raton laveur se nourrissant de crabes). Étant donné son extraordinaire ressemblance avec Winnie, l'ours bien connu (1), nous l'appelâmes Pooh.

Je l'installai dans une cage spacieuse munie de barreaux de bois et d'une petite porte fermée par un loquet; deux seaux de sciure lui permettaient de s'asseoir. Je le laissai s'organiser. Il se comporta, tout au début, avec beaucoup de tenue; accroupi sur son gros derrière, il regardait à travers les barreaux comme un accusé attendant l'heure du jugement. Après le déjeuner, nous découvrîmes qu'il n'était pas resté en contemplation : d'un air à la fois penaud et innocent, il trônait à l'extérieur de sa cage au milieu d'une mare de coquilles d'œufs — qui représentaient notre ration pour la journée. Le visage, les pattes et la fourrure tout englués d'œuf, il leva vers nous, quand nous le grondâmes, ce regard qu'ont les gens pour qui

(1) *Winnie the Pooh*, un des classiques de la littérature enfantine anglaise (N. de l'É.).

105

la vie a toujours été dure et qui, de ce fait, n'attendent ni compréhension ni sympathie.

J'essayai de comprendre comment il avait pu s'échapper. Je remis Pooh dans sa cage, fermai solidement le loquet et le surveillai à distance. Au bout d'un assez long moment, un museau noir apparut et fit son inspection ; ayant décidé que la voie était libre, il glissa ses doigts longs et effilés entre les barreaux et chercha la serrure. L'ayant repérée, un doigt glissa habilement sous le crochet et d'un petit coup adroit, le fit sauter. La porte une fois ouverte, Pooh apparut lentement dans l'entrebâillement, l'air pensif. Je dus remédier à ses ruses en installant un verrou — en plus du crochet déjà existant. Il lui fallut trois jours pour en percer les secrets — et s'échapper de nouveau. Au bout d'une semaine, la porte était une véritable panoplie de verrous et de crochets, et il nous fallait plus de temps pour fermer la porte qu'à Pooh pour l'ouvrir. Seul un cadenas que je finis par ajouter vint à bout de son astuce. Assis des heures durant, les pattes hors des barreaux, Pooh caressait le cadenas de ses pattes roses et déliées et n'ayant sans doute pas perdu tout espoir risquait un doigt dans le trou de la serrure.

Les sentimentaux diront que Pooh rêvait de retrouver la liberté de sa chère forêt natale. Ce serait inexact. Quand Pooh s'échappait, c'était toujours pour deux raisons précises : tout d'abord la table et, quand celle-ci était desservie, la cage à oiseaux. La table était-elle couverte de nourriture, on trouvait Pooh installé au beau milieu. Ou alors il était devant la cage à observer les oiseaux en se pourléchant les babines, ravi de les exciter. On dira alors que, dans ce cas, il ne s'échappait que pour se procurer quelque chose qui lui manquait. Or, pour sa taille, Pooh mangeait plus que tout autre animal de ma connaissance. C'était un vrai tube digestif ambulant ; sa ration journalière se composait de deux œufs crus, vitamines et huile de foie de morue, battus dans un demi-litre de lait et mélangés à 128 g de viande émincée, et des fruits (bananes, goyaves, etc.). J'ajouterai qu'après avoir ingurgité tout cela et fait un petit somme, il était prêt à recommencer.

Contrairement à ce que nous pensions, Pooh n'avait pas renoncé à tout espoir de comprendre le mystère du cadenas, et il y travaillait une bonne demi-heure par jour ; le reste de son temps, il se livrait à des activités de nettoyage assez curieuses. Chaque matin, une fois la cage bien propre, nous y répandions une couche de sciure fraîche. C'est là que Pooh intervenait. Rendu sans doute nerveux par cette sciure, il était soudain pris d'un besoin fébrile de propreté. Commençant par un bout de la cage, il balayait la sciure avec ses pattes de devant, et la chassait entre ses pattes de derrière; il parcourait ainsi tout le sol avec soin, sans laisser la moindre parcelle, tandis que son derrière accumulait la sciure dans un coin de la cage en un énorme tas. Inutile de dire que cette sciure ne remplissait nullement son office, qui était de satisfaire les fonctions naturelles de Pooh. Au lieu de cela, il s'en faisait une chaise longue où il s'étendait aux heures chaudes de l'après-midi, en se tiraillant rêveusement les poils de l'estomac. Au cours de ces méditations, il se plaisait à tenir un petit morceau de gras entre ses pattes de derrière et à tirer dessus alternativement avec ses dents et ses doigts de pieds — le petit balancement qui en résultait ne manquant pas de le plonger dans le sommeil.

Estimant qu'un peu d'exercice lui serait salutaire, je fichai un piquet dans le sol et l'y attachai à l'aide d'un collier. Une demi-heure plus tard, il avait réussi à ronger la corde, à visiter la réserve et à manger vingt-quatre bananes. J'essayai des laisses en toutes sortes de matériaux différents et une cravache en cuir brut dont, malgré sa résistance, il finit par avoir raison. J'adoptai alors la chaîne de métal qui, au moins, devait résister à ses dents. En dépit de ses pieds plats, de sa démarche traînante et de son air doux de créature obèse, Pooh était doué d'une extraordinaire vitalité, toujours à la recherche de quelque nouveau coup par simple besoin d'activité. Conséquence logique de ce besoin, il était aisément sujet à l'ennui et

nous devions déployer des trésors d'imagination pour éviter qu'il n'y succombe. Il s'amusa pendant des jours avec un métrage de pellicule photographique; il le traînait partout dans la bouche, ou alors installé sur le dos, l'examinait de ses yeux myopes comme un magnat du cinéma devant sa dernière production.

Ce fut un jour bénéfique pour Pooh lorsque je découvris une enveloppe de noix de coco. Tout d'abord il eut peur et ne s'en approcha que lentement et par le travers, prêt à fuir en cas d'attaque. Puis l'ayant timidement touchée avec sa patte, il parut enchanté de la voir rouler; pendant une demi-heure il la fit aller et venir, en s'excitant de plus en plus et en tirant sur sa chaîne jusqu'à s'étrangler quand la coque était hors de sa portée. Alors il criait jusqu'à ce que Jacquie ou moi la lui rapportions. Jacquie eut l'idée de faire un trou dans la coque — et grâce à cela cette noix de coco devint le jouet préféré de Pooh. Il s'asseyait, des heures durant, la noix serrée entre ses pattes de derrière, tandis que sa main plongeait à l'intérieur et en ramenait des débris microscopiques. Le premier jour, il plongea avec une telle ardeur que je dus l'aider à s'en arracher, et j'agrandis le trou. Heureux comme un enfant qui plonge sa main dans un baquet de son pour en retirer une surprise, il passait ses journées, la main dans sa noix de coco, et quand il avait assez joué il s'endormait sur elle.

La troisième de nos personnalités qui s'appelait très logiquement Foxey (1), était un petit renard gris de la

_____
(1) *Fox* signifie renard.

pampa, au corps élégant, avec des jambes fines, une énorme queue et des yeux bruns et avides. Il n'avait guère plus de trois ou quatre mois quand un homme du pays nous l'apporta. Pas plus gros qu'un terrier à poil dur, il semblait avoir renoncé à tout jamais à se comporter comme un renard. Je pense même que, victime de quelque curieuse déviation, il était persuadé d'être un chien, car ses habitudes n'étaient pas celles d'un renard. A son tour, Foxey reçut un collier et une chaîne fixée de façon à lui laisser un grand champ de mouvement, mais pas assez longue cependant pour qu'il se prenne dedans. La nuit il dormait dans une très vaste cage que nous emplissions d'herbe. Dès qu'il nous apercevait, le matin, il hurlait de joie et sitôt la porte de sa cage ouverte, il agitait la queue en tous sens et, sa lèvre supérieure relevée pour découvrir ses dents de bébé, il nous souriait le plus délicieusement du monde. Mais le bonheur suprême — qu'il attendait — c'était quand nous le sortions de sa cage pour le prendre dans nos bras : il était alors tellement fou de joie qu'il lui arrivait de s'oublier et de nous arroser.

Il avait deux passions que nous ne tardâmes pas à découvrir : premièrement les poules, deuxièmement les mégots. Les poules, et à vrai dire toutes les volailles, exerçaient sur lui un attrait proche de la fascination. Si une ou deux pensionnaires de la basse-cour de Paula se risquaient près de l'endroit où était attaché Foxey, celui-ci se couchait, la tête sur les pattes et les oreilles dressées, et agitait la queue gentiment. Les poules picoraient en gloussant, et s'approchaient en se dandinant d'un air ivre, et plus elles avançaient, plus les yeux de Foxey devenaient brillants. Mais comme chacun sait, ces promenades distraites et sans but des poules sont rarement de courte durée, et plus les volatiles se pavanaient devant lui, plus il avait peine à se contrôler. Déjà bien avant qu'elles ne soient à sa portée, il se rassemblait, prêt à charger, et jappait en tirant comme un fou sur sa laisse. Avec des cris hystériques, les poules détalaient et Foxey s'accroupissait et nous regardait d'un air épanoui tout en agitant la queue joyeusement. La seconde de ses passions était, comme je l'ai dit, les vieux bouts de cigarettes. Dès qu'il en apercevait un, il fonçait dessus et le dévorait non sans exprimer un certain dégoût. Son vice satisfait, il restait un bon moment à tousser, après quoi il buvait une solide gorgée d'eau, prêt à recommencer. Toutefois, il devait recevoir un jour une sévère leçon et payer cher cette passion. J'avais laissé à sa portée, par mégarde, un paquet de cigarettes presque plein et avant que je m'en aperçoive, il en avait dévoré le contenu. Dire qu'il fut incommodé serait un euphémisme. Il fut sérieusement malade et vida son estomac de tout ce qu'il contenait depuis le matin. Il était si épuisé par les efforts qu'il avait faits qu'il resta étendu, indifférent à tout, même à la poule qui passait à sa portée. Le soir venu cependant, il était suffisamment rétabli pour s'installer devant deux livres de viande et deux œufs crus; mais la seule vue d'une cigarette le faisait reculer en éternuant, l'air indigné. Il était définitivement guéri du tabac.

6

FAUNES, GRENOUILLES ET FERS DE LANCE

On nous apprit, un jour, que l'autovia partait le lendemain matin pour Waho — à vingt-cinq kilomètres de là. Non seulement ce nom de Waho m'attirait, mais je savais que l'endroit était fameux pour ses jaguars. De plus, je désirais voir le surveillant pour y poser éventuellement des pièges. Centre important de bétail, Waho comptait une cinquantaine d'habitants — ce qui pour le Chaco était un chiffre respectable — et je me disais que, sur le nombre, quelques-uns auraient peut-être capturé de jeunes animaux dont ils consentiraient à se séparer.

L'autovia partait à 4 heures précises; sachant qu'elle ne nous attendrait sous aucun prétexte, nous arrachâmes Rafael à la douceur de son lit et le traînâmes à demi conscient à travers le village endormi et le long des canaux où les grenouilles et les crapauds menaient encore leur concert. Nous nous installâmes dans l'autovia et commençâmes à somnoler sur nos bancs pendant une bonne demi-heure en attendant le chauffeur. Il arriva enfin en bâillant à se décrocher les mâchoires, et nous sûmes que nous ne partirions pas avant 5 heures, car il devait attendre le courrier pour Waho.

Nous vîmes émerger du brouillard le jeune garçon portant le sac de courrier que le chauffeur jeta au fond de l'autovia; s'installant aux commandes, il embraya alors dans un bruit curieux que le coq du village n'aurait pas renié, puis nous nous lançâmes dans le brouillard.

Il devenait moins dense, à mesure que nous avancions dans l'intérieur et finit par se lever complètement — à l'exception de quelques lambeaux qui continuaient à flotter au-dessus des bassins et des rivières. Devant nous le ciel était d'un gris métallique et contre lui se découpait — avec la précision d'une image vue au microscope — le profil de la forêt. Puis petit à petit le ciel gris vira au pourpre, puis au rose pâle, puis au bleu, tandis que le soleil apparaissait derrière la forêt. D'un seul coup, sous ses rayons obliques, le paysage s'anima et toutes choses prirent leur vraie valeur. La forêt, énorme masse noire et impersonnelle quelques instants plus tôt, livrait maintenant sa texture, aussi fine que solide, et son délicat enchevêtrement de plantes grimpantes, d'épineux et de feuilles luisantes de brume. Des troupes de coucous guira lustraient leur plumage humide, et certains, accroupis, séchaient leurs ailes au soleil qui commençait à réchauffer le sol. Nous passâmes devant un petit lac dont les rives grouillaient d'oiseaux; défilant par groupes, des ibis fouillaient la boue avec avidité, de leurs longs becs incurvés; une cigogne noire et efflanquée contemplait, le bec grand ouvert, son image réfléchie dans l'eau; plus loin, deux jacanats se baignaient et en s'aspergeant, ils découvraient, l'espace d'un instant, le dessous de leurs ailes, jaune comme des boutons d'or. Traversant soudain ce décor paisible, un petit renard gris, de retour de son équipée nocturne, passa à cinquante mètres de nous avant de disparaître dans les fourrés. Une fois la surprise passée, nous nous trouvâmes soudain devant un spectacle incroyable. Un champ minuscule, comme encerclé dans son intimité par de hauts palmiers, était le domaine des grandes araignées du Chaco, au corps tacheté de blanc et de rose, aussi gros qu'une noisette, et dont les longues pattes, une fois déployées, recouvriraient une soucoupe. La toile qu'elles tissent — ou plutôt la soie — est d'une matière épaisse, élastique, et de couleur or. Chaque buisson, chaque touffe d'herbe étaient recouverts ainsi d'une toile dorée grosse comme une roue de charrette.

Au cœur de chacun de ces ouvrages, l'araignée trônait sur le royaume qu'était ce voile d'or auquel les gouttes de rosée apportaient comme autant de diamants. Sous les premiers rayons du soleil, ce décor, d'une saisissante beauté, chatoyait.

Il était 7 h 30 quand nous atteignîmes Waho. La voie ferrée quitta la forêt pour déboucher dans un immense champ où miroitaient des taches d'eau. Dans l'herbe bordant la voie, de petits perroquets cherchaient leur nourriture. Leur plumage était du vert le plus violent possible et leur tête et leur cou noirs. Ils s'en allèrent à notre passage et tournèrent dans le ciel en poussant des cris aigus. La ligne d'autovia s'arrêtait là, dans une espèce de bourbier; c'était un genre de terminus assez courant au Chaco — tout près, une construction basse et longue, peinte à la chaux; c'était la maison du surveillant; à côté s'étalaient une série de huttes délabrées faites de troncs de palmiers et où logeaient les ouvriers. L'autovia s'arrêta dans un grincement de freins et Fernandez, le surveillant, enjamba la mer de boue pour venir nous saluer. Grand et bâti comme un colosse, il avait un visage un peu mongolien éclairé par des dents éblouissantes. Ses manières étaient tout à fait plaisantes et il nous reçut comme des souverains en visite; nous ayant fait entrer au salon, il pria sa femme, petite créature à la peau sombre, de nous préparer du maté au lait. Sans perdre de temps — et tout en absorbant l'épais breuvage un peu écœurant — j'étalai sur la table livres et images et — Rafael faisant fonction d'interprète — j'attaquai Fernandez sur la faune locale. Il identifia toutes les créatures que je recherchais et promit d'essayer de m'en obtenir quelques spécimens. Le jaguar et l'ocelot n'étaient pas rares : une semaine plus tôt, plusieurs vaches avaient été tuées; ils n'en étaient pas moins difficiles à capturer. Il allait poser des pièges aux points qu'il estimait propices et s'il réussissait il me le ferait savoir. Quant aux petites créatures telles que lézards, grenouilles, crapauds et serpents, il parut moins intéressé et plus évasif : je devais aller explorer, tout près de là, une clairière récemment prélevée sur la forêt. Je devais y trouver de nombreux petits bichos. Tandis que nous achevions notre maté, Fernandez appela deux Indiens et leur fit signe de nous accompagner.

Nous les suivîmes dans un sentier boueux serpentant à travers les hautes herbes et d'où s'élevaient des nuages de moustiques. Le sentier longeait un grand parc à bestiaux, faisant fonction d'abattoir, dont les murs étaient faits de souches de palmiers. Sur ces murs s'étalait toute une frise de vautours noirs, accroupis selon leur position habituelle, menaçants et lugubres. Ils nous regardèrent avancer d'un air effronté, sans bouger, mais sans nous quitter des yeux. Au bout d'une demi-heure de marche, ayant quitté le sentier, nous pénétrâmes dans la forêt. Là, des Indiens bavardaient et riaient — leurs immenses chapeaux de paille paraissant danser dans la verdure. Ils travaillaient, la machette à la main, à élaguer la végétation d'épineux. Fernandez les rassembla pour leur expliquer ce que je voulais d'eux, et les Indiens nous jetèrent un regard timide, en échangeant des coups d'œil; l'un d'eux s'adressa à Fernandez en désignant une grosse souche à demi cachée dans les buissons. Fernandez transmit l'information à Rafael qui m'en fit part à son tour.

— L'Indien dit qu'il y a un serpent sous cet arbre, mais il paraît qu'il est rapide.

— Alors, répondis-je, voulez-vous demander au senor Fernandez s'il permet aux Indiens de nous aider à soulever la souche. J'essayerai de l'attraper.

Il y eut une pause, au cours de laquelle on traduisit ma requête; puis Fernandez donna un ordre. Le groupe s'ébranla vers la souche, en chahutant comme

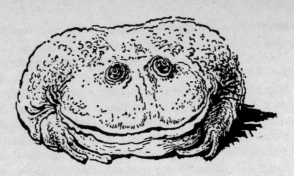

des écoliers, et s'attaqua à la dégager de la végétation qui l'entourait. Quand celle-ci fut suffisamment éclaircie, je me frayai un chemin et choisis une branche pour en faire un bâton. Je refusai l'aide de Rafael car j'avais promis à sa mère qu'il n'approcherait pas les serpents; et après de longs efforts de persuasion, j'obtins qu'il se tienne à l'écart. Sur un signe de moi, les Indiens glissèrent leur machette sous la souche, et dans un puissant effort la retournèrent et se sauvèrent à toute jambes. Le tronc roula sur le sol et un gros serpent brun, long d'environ un mètre cinquante, sortit de son creux et, se déployant avec élégance, avança, puis stoppa net en me voyant approcher. Comme je me penchais pour le clouer au sol avec mon bâton, il se souleva soudain à quelque quinze centimètres du sol et, dressant sa tête lourde et carrée, commença à dilater son cou comme l'aurait fait un cobra. Nombreuses sont les espèces capables de distendre la peau de leur cou à la manière du cobra, mais cette dilatation — à la manière d'un ballon — n'est pas comparable à celle du cobra avec son capuchon

118

aplati. J'avais beau me trouver en plein milieu du Chaco, dans un continent où le cobra n'existe pas, ce reptile lui ressemblait tellement qu'un charmeur de serpent asiatique s'y serait trompé et aurait sorti sa flûte. J'abaissai lentement mon bâton, mais le serpent, sur ses gardes, abaissa son capuchon, et rapide comme l'éclair essaya de se glisser dans la forêt. Je vis que je n'arriverais pas à l'épingler avec mon bâton, et comme il approchait de la végétation, je glissai le bâton sous son corps et l'envoyai au beau milieu de la clairière. Visiblement irrité, le reptile resta immobile un instant; il me fixa, la bouche grande ouverte, et d'un air décidé s'élança vers le buisson le plus proche. Je le poursuivis et recommençai le coup du bâton, mais au moment où j'allais l'envoyer loin des buissons, le reptile, décidé à lutter, développa son capuchon et piqua sur moi la bouche ouverte. J'eus le

temps, heureusement, de faire un bond en arrière et le serpent manqua de justesse le bas de mon pantalon. Il alla s'aplatir au sol où il resta immobile; ayant tout essayé, il avait sans doute décidé de cesser le combat. Je l'attrapai derrière le cou et le jetai dans un sac. Jacquie s'avança, le visage encore inquiet :

— Si tu tiens à recommencer, je préfère que ce soit en mon absence.

— Il a bien failli vous mordre, renchérit Rafael, les yeux écarquillés derrière ses lunettes.

— A quelle espèce appartient-il? demanda Jacquie.

— A dire vrai, je ne sais pas. C'est son capuchon que je n'identifie pas, bien que j'aie l'impression d'avoir lu quelque chose là-dessus... il faudra que je recherche...

— Il était venimeux? demanda Rafael en s'asseyant sur la souche.

— Je ne crois pas que sa morsure soit mortelle.

— Si je me souviens bien, dit Jacquie ravie de me le rappeler, tu avais de la même façon déclaré inoffensif un serpent en Afrique — et tu as changé d'avis lorsqu'il t'a mordu !

— C'était tout autre chose, expliquai-je, celui dont tu parles semblait appartenir à une espèce non venimeuse, et je l'ai ramassé.

— Oui... et celui-ci, qui avait tout l'air d'un cobra, tu l'as ramassé également, rétorqua ma femme.

— Ne restez pas sur cette souche, dis-je à Rafael pour changer de sujet, il peut y avoir des scorpions cachés sous l'écorce.

Rafael se leva. Je priai un Indien de me confier sa

machette, et attaquai l'écorce pourrie. Le premier coup de machette libéra une pluie de larves de coléoptères et un gros myriapode; au second coup apparurent d'autres larves ainsi qu'une grenouille qui paraissait absolument perdue; je continuai ainsi, sur toute la longueur du tronc, à dépouiller délicatement l'écorce. A part ces colonies d'insectes, la souche ne semblait recéler aucune autre vie. Lorsque j'arrachai une large bande d'écorce près de l'endroit où Rafael était assis quelques instants plus tôt, je fis tomber un serpent d'une quinzaine de centimètres, gros comme une cigarette. Son enveloppe était joliment rayée — noir, crème, gris et rouge feu.

— Mon Dieu! s'écria Rafael tandis que je ramassais le reptile, dire que j'étais assis dessus!

— Oui, dis-je sévèrement, vous devriez faire plus attention; il aurait pu vous tuer.

— Qu'est-ce que c'est? demanda Jacquie.

— Un bébé serpent d'une espèce dangereuse... il semble que ce soit la journée des serpents, en ce qui nous concerne.

— Mais c'est une espèce mortelle?

— Oui... enfin, pas au point de pouvoir tuer à travers deux centimètres d'écorce, répondis-je d'un ton rassurant.

Je le mis dans un sac et inspectai la souche une dernière fois. Elle n'abritait plus rien. Fernandez, qui avait suivi les opérations de loin avec intérêt, suggéra que nous allions faire un tour vers les huttes pour voir si les ouvriers n'avaient pas quelques jeunes animaux. Mon regard fut soudain attiré par un reflet entre les arbres, et j'insistai pour aller y jeter un coup d'œil. C'était un grand bassin, envahi de feuilles mortes en décomposition — ce qui donnait à ses eaux une belle couleur de rhum et une atroce odeur de pourriture. Sans perdre une seconde, j'en fis le tour pour chercher des grenouilles. J'entendis le rire de Jacquie, à l'autre bout de l'étang. Elle était entourée de Fernandez, de Rafael et des deux Indiens qui dansaient en poussant des cris. Dominant leur tapage, un bruit curieux me parvenait : c'étaient comme les sons prolongés d'une trompette d'enfant. Je me précipitai. Jacquie serrait dans sa main quelque chose qui produisait ces bruits, tandis que Fernandez et les deux Indiens criaient en chœur comme pour la mettre en garde :

— *Venemosa, muy venemosa, senora!* (1)

Rafael s'approcha de moi, inquiet.

— Gerry, dit-il dans le langage étrange qui était le sien quand il ne parlait pas espagnol, le bicho de Jacquie, il est très mauvais; les Indiens l'ont dit.

— Mais voyons, ce n'est qu'une grenouille, s'écria Jacquie en cherchant à couvrir les bredouillements des Indiens et les cris irrités de sa capture.

— Regardons.

Elle ouvrit les mains, et je vis le plus extraordinaire amphibie qui se puisse imaginer. Noir, le ventre jaunâtre, il était presque rond. Au sommet d'une tête large et plate — comme celle d'un hippopotame en miniature — deux yeux dorés. Mais ce qui frappait chez cette créature étrange, c'était la bouche dont les

---

(1) « Venimeux, très venimeux. »

épaisses lèvres jaunes, qui lui fendaient littéralement le visage d'un côté à l'autre, s'incurvaient dans une incroyable grimace. Soudain il se gonfla comme un ballon, se planta sur les moignons ridicules qui lui servaient de pattes et ouvrant la bouche toute grande (ce qui nous permit de voir l'intérieur jaune or) il se mit en devoir de sonner de la trompette. Je voulus le saisir mais il se débattit comme un diable et je le reposai sur le sol. Planté sur ses courtes jambes, il faisait de petits bonds vers moi et claquai ses lèvres rageusement tandis qu'il lançait ses appels de trompette. J'étais enchanté par la trouvaille de Jacquie.

— Où l'as-tu attrapé?

— Ici même. Il était dans l'eau... On ne voyait que ses yeux... et je l'ai pris tout simplement. Qu'est-ce que c'est, exactement?

— Je n'en ai aucune idée. On dirait un phrynosome (crapaud cornu), mais pas de l'espèce commune. De toute façon c'est une bête bien intéressante... peut-être même inconnue.

Nous étions enchantés. L'exploration du bassin nous procura trois autres créatures de ce genre. Sur le moment, je pensais avoir affaire à une espèce nouvelle, proche de celle des phrynosomes, à laquelle elle s'apparentait par certains côtés. Mais à leur arrivée en Angleterre, elles furent identifiées comme des grenouilles Budgett. Bien que scientifiquement déjà décrites, elles furent considérées comme fort rares, le musée d'Histoire naturelle de Londres n'en possédant qu'un seul spécimen.

Nous nous rapprochions des huttes délabrées. Les conducteurs de bétail étaient déjà rentrés pour le repas de midi et pour la sieste. Leurs chevaux étaient attachés près des huttes et à côté, des quantités de selles gisaient à terre. Leurs chapeaux de paille rejetés en arrière, les hommes s'étaient adossés aux murs et sirotaient leur pot de maté. Ils étaient vêtus de vieilles chemises maculées par la transpiration, et leurs épais pantalons de cuir portaient des traces de toutes les épines auxquelles ils s'étaient accrochés. Dans le réduit servant de cuisine, leurs épouses cuisaient le repas au-dessus des foyers enfumés, et autour d'elles traînaient des nichées d'enfants aux frimousses sales et aux yeux sombres, et des chiens misérables. Comme nous approchions de la première hutte, Jacquie crut bon de me donner un conseil.

— Si tu rencontres un petit animal dont tu aies envie, je t'en prie... ne t'excite pas... prends plutôt l'air blasé, sans quoi ils doubleront leur prix. Tu as compris ?

— C'est promis.

— Tu te souviens, l'autre jour... avec l'oiseau ? Si tu n'avais paru le trouver si charmant, tu l'aurais eu à moitié prix.

— Je n'ai pas l'impression que j'aurai beaucoup d'occasions d'enthousiasme, dis-je en regardant les taudis.

Nous visitâmes chaque maison l'une après l'autre. Fernandez expliquait ce que je désirais. Les hommes éclatèrent d'un gros rire, et pour la forme, répondirent qu'ils essayeraient de nous procurer quelques spécimens. Nous arrivâmes devant une hutte dont le locataire, un type plutôt repoussant, à la mine sinistre, était assis à l'extérieur; sachant ce qui nous amenait, il était en train de nous raconter des histoires à n'en plus finir au sujet d'un jaguar, lorsque, dans l'entrebâillement de la porte, parut un animal qui s'en alla en trottant dans la nature. Je n'avais fait que l'apercevoir et je l'avais pris pour un chien. Mais Jacquie poussa un petit cri. Je me retournai : elle embrassait un petit faune tacheté qui posait sur elle de grands yeux sombres et craintifs.

— Regarde, dit-elle, est-ce qu'il n'est pas adorable?

Oubliant totalement que son propriétaire était à côté, elle ne cessait de répéter :

— Il est exquis... Regarde ses yeux... Il faut absolument l'acheter. Tu crois qu'on nous le vendra?

Une lueur s'alluma dans les yeux de l'homme et je poussai un soupir résigné :

— Je pense qu'étant donné ton manque d'enthousiasme envers cette créature, il sera ravi de te la vendre. Rafael... voulez-vous, je vous prie, lui demander ce qu'il en veut.

L'homme nous expliqua longuement combien il était attaché à son petit daim... et la peine qu'il aurait à s'en séparer, puis il lâcha un chiffre qui nous époustoufla littéralement. Après une demi-heure de marchandage, il avait baissé son prix de moitié, mais cela me semblait encore disproportionné. Jacquie me regardait sans mot dire.

— Enfin, Jacquie, dis-je, il demande le double de ce que vaut l'animal. Nous l'aurions eu pour le quart du prix si tu n'avais pas commencé à radoter dès que tu l'as vu!

— Moi... radoter! s'exclama Jacquie, indignée. Je voulais seulement attirer ton attention.

Sa version était si énorme que j'en eus le souffle coupé. Sans rien dire je payai l'homme et nous reprîmes le chemin de la voie ferrée. Jacquie serrait la petite bête dans ses bras en lui murmurant des mots tendres. Quand nous entrâmes dans l'autovia, le chauffeur se pencha pour lui caresser la tête.

— *Lindo,* dit-il, *muy lindo bicho.*

— *Lindo* veut bien dire ravissant? demanda Jacquie.

— Oui, répondit Rafael. Pourquoi Jacquie?

— C'est un nom parfait pour elle, vous ne trouvez pas?

C'est ainsi que cette ravissante créature devint sur-le-champ Lindo. Dans l'autovia elle se comporta gentiment. Elle renifla tout autour d'elle, puis se tint tout près de Jacquie en la caressant de son nez noir et humide. Tout alla bien jusqu'aux premiers soubresauts. Le voyage cessa alors visiblement de lui plaire et elle fit un bond vers le marchepied où elle s'étala; c'est de justesse que je la rattrapai par les pattes arrière et l'empêchai de passer sous les roues. Elle luttait comme un diable, décochant de ses petits sabots aigus de solides ruades en poussant des « barrs » perçants. Ces petits faunes, naturellement craintifs, sont impossibles à maîtriser dès que la peur s'empare d'eux; il s'agit donc, à la fois, de leur tenir les pattes arrière pour qu'ils ne bottent pas, car leurs sabots sont des armes

méchantes — sans pour autant les briser, car elles sont extrêmement fragiles. Au bout de dix minutes, je réussis à calmer Lindo et je retirai ma chemise pour l'envelopper dedans, de façon à éviter qu'elle ne se blesse ou qu'elle ne nous blesse, si la peur la reprenait. Ce bébé faune en chemise divertit tellement le chauffeur qu'il faillit manquer un virage.

Sur la route qui nous ramenait à la maison, nous fûmes tout surpris de voir, devant la grille, un groupe de gens qui entouraient un homme chargé d'une grande boîte. Tous gesticulaient et bavardaient, et, sur la véranda, se tenait la masse impressionnante de Paula, qui serrait entre ses mains un vieux fusil rouillé dont elle menaçait la foule. Nous nous fîmes un chemin jusqu'à elle. Avec un soulagement évident, et sans perdre une seconde, elle hurla en espagnol d'une voix déclamatoire, en roulant des yeux et en fronçant le front, et pointa son fusil à tour de rôle sur chacun d'entre nous. Je réussis à m'emparer de l'arme et Rafael écouta son histoire. Le senor lui avait demandé le matin même de lui procurer un fusil afin de tuer des petits oiseaux pour le *lechuchita* (le petit hibou); elle était donc allée au village d'où elle avait ramené un beau fusil. A son retour elle avait trouvé cet individu (là, elle désigna d'une main tremblante l'homme à la boîte) assis sur la véranda. Il disait qu'il apportait un bicho pour le senor. Elle n'avait pu s'empêcher de lui demander quelle sorte de bicho c'était; l'homme avait soulevé le couvercle et elle s'était trouvée devant quelque chose d'effrayant — un énorme *yarard*. De tous les serpents d'Amérique du

Sud, c'est incontestablement le plus redoutable, car le plus venimeux et aussi le plus agressif, et pour les habitants du Chaco, le « fer de lance » est la créature qu'ils redoutent le plus.

Paula avait donc sommé l'homme d'emporter sa marchandise un peu plus loin ; mais l'homme, qui se trouvait bien à l'ombre de la véranda — il faisait très chaud — avait refusé d'obtempérer... ce que voyant, elle avait tout simplement chargé l'arme, bien décidée à s'en servir. L'homme s'attendait, dans sa naïveté — il avait eu la bravoure de capturer un yarard — à être reçu comme un héros et non pas chassé à coups de fusil par une furie.

Repoussé de l'autre côté de la grille par Paula, qui continuait à le menacer, il était resté là à lui crier des injures, et notre arrivée mit fin à cette démonstration. Nous priâmes Paula d'aller nous faire du thé, et quand elle fut dans la cuisine, nous fîmes entrer l'homme.

Le fer de lance qu'on avait promené tout l'après-midi sous un soleil brûlant était de fort méchante humeur. A peine eus-je soulevé délicatement le couvercle de sa boîte pour le regarder qu'il se dressa vers l'ouverture, prêt à attaquer. Pour un yarard, il n'était pas très grand — quatre-vingts centimètres —, mais son agressivité compensait sa petite taille, et ce ne fut pas chose facile que de lui passer une corde et de le saisir derrière la tête. C'était un fort beau reptile ; son corps était entièrement gris cendré avec des taches d'un noir de jais, en forme de petits losanges soulignés de blanc, et cela de la tête à la queue. Deux yeux farouches, tachetés d'or, ornaient sa tête aplatie en forme de flèche. Dans la boîte où j'étais parvenu à le placer (une boîte peu profonde, fermée sur le dessus par une gaze métallique et garnie de brindilles et de feuilles mortes) on l'entendait siffler avec force, et sa queue battait les feuilles à une telle rapidité que l'on eût dit un crotale. Si la moindre ombre venait à tomber sur la boîte, ses crochets apparaissaient immédiatement à travers la gaze. Je ne l'aurais pas cru si je n'en avais été le témoin, car il est presque impossible à un serpent de traverser une surface complètement plate. Sa bouche était immense et quand il frappait, il le faisait en rejetant la tête en arrière pour donner à ses crochets le maximum de force. En l'espace d'une demi-heure, il avait déjà souillé de son venin jaune une partie de la gaze métallique, et malgré cela il continuait à frapper comme un démon ; à tel point que pour éviter un accident, je trouvai plus sage de doubler la couche de gaze.

Ce soir-là, alors que Paula servait le dîner, elle jugea bon de nous entretenir longuement du yarard et de ses habitudes. Il ressortait de ses confidences qu'à un moment quelconque de leur existence chacun des membres de sa famille avait failli périr tué par le yarard, comme si tous les reptiles du Chaco avaient les yeux tournés vers les siens. Vu qu'ils avaient seulement « failli mourir », et s'en étaient toujours tirés, on se disait que les serpents n'avaient pas eu la vie bien drôle. Le repas achevé, elle vint nous saluer, et nous annonça, avec un regard chargé d'effroi en direction de la boîte, qu'elle se refusait à passer la nuit dans une maison qui abritait une telle créature — même si elle était payée pour le faire. Elle priait Dieu de nous retrouver vivants au matin. Puis elle disparut pour rentrer chez elle au village.

Rafael grattait sur sa guitare un vieux refrain gaucho, et Jacquie était partie se coucher avec un vieux *Buenos Aires Herald,* vieux d'un mois et trouvé je ne sais où; quant à moi, j'examinai l'arme procurée par Paula. C'était un fusil de fabrication espagnole, qui paraissait être en bon état, sauf pour un détail qui me surprit.

— Rafael, dis-je, ce fusil n'a pas de cran de sûreté?

Posant sa guitare, il s'approcha et me montra une pièce.

— Mais si Gerry... le voilà.

— Ça? Ce tout petit levier?

— Oui... bien sûr.

— Mais non, c'est impossible. J'ai essayé dans les deux sens et le chien retombe toujours. Il y a quelque chose d'étrange. Un cran de sûreté est un cran de sûreté, et quand il est mis, on doit pouvoir presser sur la détente en toute sécurité.

— Non, Gerry... ça c'est un fusil espagnol... je vais vous montrer comment s'en servir.

Il chargea l'arme, en abaissa le levier et la pointa vers l'extérieur de la maison en pressant la détente. Tous les chiens du village se mirent à aboyer et Jacquie bondit de la chambre, croyant, pour le moins, que le yarard s'était échappé. Rafael rajusta ses lunettes et regarda le fusil.

— Bon, dit-il résigné, ça doit être la sûreté.

Baissant à nouveau le levier, il rechargea l'arme et pressa la détente. Nouveau fracas qui fit aboyer les chiens de plus belle.

— C'est vraiment un fusil espagnol, dis-je à Jacquie, qui tue tout autant, que le cran de sûreté soit mis ou non.

— Non, protesta Rafael indigné. C'est un bon fusil, Gerry, mais je crois que quelque chose est cassé à l'intérieur.

— Sûrement...

Nous étions toujours en train de discuter quand il y eut un autre fracas, à la porte cette fois-ci. Ce n'était pas une heure pour les visiteurs et surpris, nous nous dirigeâmes, Rafael et moi, vers la véranda. Deux hommes se tenaient là, pas très rassurés. Ils portaient des uniformes verts minables, et des casquettes à visière et serraient dans leurs mains un antique fusil tout rouillé. Ils nous saluèrent en chœur. Je reconnus deux représentants de la police locale qui nous demandèrent si nous avions bien tiré avec une arme, et si oui, qui était mort. Ahuri, Rafael leur répondit que l'arme était partie par accident et qu'il n'y avait pas de victime. Fouillant la poussière de leurs pieds en quête d'inspiration, les policiers se concertèrent du regard. Ils expliquèrent avec embarras que leur chef leur avait intimé l'ordre de nous arrêter et de ramener la victime. Or, l'absence du cadavre compliquait les choses ; d'un autre côté, quand bien même nous n'aurions tué personne, ils risquaient d'encourir la colère de leur chef s'ils ne nous ramenaient pas. Leur visage trahissait un tel drame de conscience que, pris de pitié, nous décidâmes de les accompagner au poste et d'expliquer au chef ce qu'il en était. Ils se confondirent en salutations en répétant avec un grand sourire : *Gracias, senor, gracias.*

Nous partîmes donc à travers les rues du village baigné de lune, à la suite des deux policiers qui, de temps à autre, s'arrêtaient, pleins de sollicitude, pour nous signaler une flaque de boue. Le poste de police, situé à l'autre bout du village, n'était qu'une cabane de deux pièces, passée à la chaux et abritée par un large palmier à grosse tête noire. Notre escorte nous introduisit dans une pièce nue où s'entassaient sur une table des masses de documents. Derrière était assis le chef de police, un homme maigre et renfrogné, dont les bottes et le ceinturon flambant neufs symbolisaient sa récente promotion. Promotion qu'il tenait à justifier — nous allions le voir — auprès des habitants du village. Après les salutations d'usage à leur supérieur, les deux hommes se mirent au garde-à-vous et entreprirent en chœur le compte rendu de l'incident. Le sourcil froncé, le chef écouta, puis il posa sur nous un regard scrutateur ; d'un geste élégant, il prit le mégot collé derrière son oreille et l'alluma.

— Ainsi, commença-t-il d'une voix sifflante et théâtrale, en rejetant la fumée par le nez, vous êtes responsables de cette offense ? C'est bien ça ?

— Si, senor, répondit Rafael d'une voix humble, c'est exact.

— Ah ! Ainsi vous l'admettez ? dit le chef visiblement ravi de notre confession.

— Si, senor, répéta Rafael.

— Ainsi, reprit le chef d'un ton important, vous avouez? (Il glissa ses pouces dans son ceinturon et se renversa dangereusement sur sa chaise.) Vous croyez que, parce que vous êtes ici, dans le Chaco, vous pouvez vous livrer à n'importe quelle offense? Vous vous imaginez peut-être que nous sommes un pays *incivilizado,* hein? C'est bien ça?

— Si, senor, dit Rafael.

A mon avis, il avait trouvé le type de réponse le plus exaspérant, et le chef le toisa du regard.

— Eh bien, vous vous trompez. Nous avons des lois, comme partout, et une police pour les faire respecter.

Les deux hommes étaient maintenant détendus, soulagés de voir l'affaire entre les mains de leur chef. L'un se nettoyait les dents l'une après l'autre, et le second vérifiait la propreté de son fusil en promenant un doigt autour du canon ; sa mimique signifiait qu'un astiquage annuel ne serait pas un luxe.

— Écoutez, senor, dit Rafael d'un ton conciliant, le fusil est parti par accident. Nous n'avons commis aucun crime.

— Là n'est pas la question, dit le chef. Vous auriez pu en commettre un!

Logique implacable, s'il en fut, et qui laissa Rafael sans voix.

— Étant donné la situation, reprit le chef magnanime, je vous laisse en liberté pour le moment — le temps de considérer la question — mais vous vous présenterez demain, ici, à la première heure, avec le permis que vous a donné la police. Compris?

134

Nous acquiesçâmes d'un signe de tête, jugeant toute discussion inutile. Le chef se leva et nous salua en claquant des talons avec une telle vigueur qu'un des hommes en lâcha son fusil et se hâta de saluer pour réparer sa maladresse. A notre retour, Jacquie eut droit à une magnifique imitation du chef de police par Rafael — imitation qui la fit rire aux larmes.

A l'heure du petit déjeuner, le lendemain, nous racontâmes toute l'histoire à Paula. Nous pensions l'amuser, mais nous nous trompions. Indignée, elle nous dit ce qu'elle pensait de l'homme en des termes — on s'en doute — assez peu « femme du monde ». C'était un pauvre type qui se prenait au sérieux. Dans le passé déjà, elle avait dû le remettre à sa place, un jour qu'il s'était mis dans la tête d'empêcher « ses jeunes filles » d'aller à bord du steamer. Mais ce qui venait de se passer avec nous était la goutte d'eau qui faisait déborder le vase. Cette fois, il était allé trop loin, et elle allait lui dire ses quatre vérités. Sitôt dit, sitôt fait. Après le déjeuner, Paula se drapa dans un châle rouge et vert et épingla sur sa tête un large chapeau de paille croulant sous les coquelicots. Tout au long de la route, elle ne cessa de fulminer. Devant le poste de police, un immense lit était installé, à l'ombre d'un palmier, et dans ce lit, le chef de police, en personne, dormait comme un bienheureux. Son visage, bleu par une barbe d'un jour, exprimait une béatitude totale et les deux bouteilles vides sur le lit prouvaient qu'il avait joyeusement fêté notre arrestation. En le voyant si ridicule, Paula s'avança vers le lit et arracha d'un geste violent la couverture qui recouvrait l'arrière-train du chef de police. Sous l'ouragan qui l'avait découvert avec une telle violence, le chef se dressa sur son lit en promenant autour de lui un regard affolé; reconnaissant Paula, il ramena pudiquement les couvertures sur lui et salua la visiteuse; mais Paula n'était pas en humeur de minauder et elle passa à l'attaque. La poitrine haletante, les yeux éclatants de fureur, elle se pencha vers le chef et, d'une voix tonitruante, hurla ce qu'elle pensait de lui. Cloué sur son lit, comme au pilori, il faisait presque pitié, car devant tout le village Paula déversa sur lui — en plus d'une avalanche de chair brune — un flot de mépris et de menaces, sans lui laisser la moindre chance de placer un mot. Son visage se colora d'indignation, pâlit, puis quand Paula en vint aux détails intimes de sa vie amoureuse, devint soudain cadavérique. Les gens des maisons voisines s'étaient rassemblés sur le pas de leur porte et encourageaient Paula, de la voix et du geste; on pouvait mesurer par là la popularité du chef de police. La victime visiblement en avait son compte; elle rejeta les couvertures, se glissa hors du lit et regagna le poste de police, en sous-vêtements, à la grande joie des spectateurs. Paula, triomphante, s'assit un instant sur le lit vide pour se remettre, puis nous raccompagna en s'arrêtant de temps à autre pour recevoir les félicitations de la foule admirative.

Cette démonstration porta ses fruits. Le soir même, un policier se présentait chez nous. Il paraissait embarrassé, et tenait d'une main son fusil et de l'autre une énorme gerbe de fleurs de canna, arrangées avec autant de grâce qu'une botte de poireaux. C'était un cadeau de son chef pour la senora; Jacquie accepta les fleurs avec les remerciements appropriés. Le chef avait tendu le calumet de la paix, et dès lors nous ne le rencontrions jamais sans qu'il se mette au garde-à-vous en enlevant sa casquette d'un geste élégant, avec le plus aimable des sourires. Quant à nos permis, il n'en fut plus jamais question.

7

DE REDOUTABLES CRAPAUDS ET DES OISEAUX A FOISON

Après deux mois passés dans le Chaco, notre collection d'animaux était devenue si importante qu'elle nous occupait du matin au soir. Nos journées commençaient juste avant l'aube, quand Paula nous apportait le plateau de thé. Ce réveil, terriblement matinal, ne nous enchantait pas spécialement, mais nous avions constaté qu'aux premières heures du jour, avant que le thermomètre n'ait monté, l'activité se trouvait grandement facilitée.

Nous commencions par le nettoyage — tâche minutieuse qui demandait deux bonnes heures. Le temps consacré à chacune des cages était fonction de son occupant; s'il était d'humeur agressive nous devions prendre garde aux piqûres ou aux morsures — et cela représentait une perte de temps; s'il voulait jouer, l'opération nettoyage ne s'en trouvait pas simplifiée. Dans l'ensemble, les animaux ne furent pas longs à se prêter à cette routine; ils se retiraient d'un côté de la cage, puis de l'autre lorsque celui-ci était nettoyé. La seconde opération consistait à changer les lits de sciure ou de feuilles sèches. Enfin venait la préparation de la nourriture. Tout d'abord les fruits qu'il fallait peler et présenter différemment selon les animaux. Certains aimaient les bananes coupées dans le sens de la longueur et suspendues au grillage de leur cage; pour d'autres, ce fruit devait être coupé en tout petits morceaux pour être facilement déglutis. Certains n'acceptaient les mangues qu'incorporées à du lait et à du pain, en une espèce de bouillie; d'autres ne touchaient à rien avant d'avoir reçu une tranche d'un certain fruit bien mûr, avec ses pépins (qu'ils ne mangeaient pas, mais s'amusaient à éparpiller tout autour de la cage).

Après la préparation des fruits venait celle de la viande. Il en fallait sept kilos par jour : nous composions une sorte d'énorme mixed-grill avec du steak, du cœur, du foie et de la cervelle — le tout, finement coupé. J'avais acheté à Asuncion un mixeur gigantesque, mais qui était loin de résoudre tous les problèmes. A ces tâches s'ajoutait le nettoyage des ustensiles — pots à eau, récipients, etc. — et quand je dirai que nous avions, à la fin de notre séjour, une cinquantaine de cages, avec chacune deux, trois ou quatre récipients, on comprendra ce que cela représentait. De plus — et cela paraîtra peut-être excessif au profane — cette vaisselle devait être nettoyée avec le plus grand soin, car avec la chaleur, le moindre déchet oublié dans un récipient pouvait infecter la nourriture fraîche, et mettre en danger la vie de l'animal. Or, tout collectionneur qui a rassemblé avec peine des spécimens rares, fait l'impossible pour ne pas les perdre. Lorsque beaucoup d'animaux sont rassemblés, la plupart s'accommodent de tout et ne posent jamais de problèmes ; mais il n'en est pas ainsi de tous — entre autres, il y avait ceux que nous devions nourrir au biberon et ceux qui exigeaient des soins spéciaux. Et c'est bien souvent l'animal réputé facile à garder en captivité qui faisait exception à la règle, en nous donnant le plus de fil à retordre.

Certaines régions d'Amérique du Sud abritent une espèce de crapaud qui, de tous les batraciens, offre l'aspect le plus étrange. Il est appelé crapaud cornu. Me fondant sur ma connaissance du crapaud commun, j'en avais conclu que celui-ci serait aussi facile à élever. Comme j'avais longtemps rêvé d'en posséder quelques-uns, il me semblait logique de profiter de mon séjour dans le Chaco — où ils se trouvaient — pour essayer de réaliser ce désir. Les gens du cru le connaissaient et lui donnaient le nom d'*escuerzo*. Mais tout collectionneur me comprendra quand je parlerai d'ironie en matière de recherche. Il suffit, en effet, qu'on décide de faire la chasse à une espèce dite commune — pour que celle-ci disparaisse comme par enchantement. C'est ce qui se passa avec le crapaud cornu ; j'avais beau montrer la photo de cet animal à tout le monde, promettre des récompenses énormes pour sa capture, aller jusqu'à tenter d'arracher à leur lit, au beau milieu de la nuit, Jacquie et Rafael pour qu'ils m'aident à explorer les marais, le crapaud cornu restait introuvable. Si j'avais pu me douter alors des ennuis que m'apporteraient ces créatures, je ne me serais pas donné toute cette peine.

Or, un jour, comme je rentrais déjeuner, une boîte fermée par un tampon de feuilles m'attendait sur la véranda. Paula savait simplement qu'il s'agissait d'un bicho — ce dont je me doutais — et qu'il avait été apporté par un vieil Indien. Je retirai prudemment les feuilles à l'aide d'un bâton. A mon grand ravissement, j'identifiai un énorme crapaud cornu, accroupi gentiment sur le dos de deux autres plus petits.

— Qu'est-ce que c'est? me cria Jacquie.

— Trois crapauds cornus... splendides, répondis-je, fou de joie.

Je retournai la boîte sur le sol et les trois bêtes restèrent en tas. Paula poussa un cri d'horreur et se sauva à l'intérieur; une fois derrière la vitre, elle risqua un regard et cria :

— *Senor... senor... un bicho muy malo, muy venenoso.*

— Mais non, lui répondis-je, ce n'est pas un yarard, c'est un animal tout à fait inoffensif.

— *Madre de Dios!* s'exclama Paula en levant les yeux au ciel à l'idée qu'on puisse s'extasier sur une telle bête.

— Sont-ils venimeux? me demanda Jacquie.

— Mais non... à les voir... on pourrait le penser... mais ce n'est pas vrai.

Tandis que nous parlions, les trois crapauds s'étaient séparés. Le plus gros, accroupi, nous regardait d'un œil peu aimable. Sa circonférence était celle d'une soucoupe, et la tête représentait les trois quarts de la masse totale. Le corps ventru reposait sur de grosses pattes courtes. Deux grands yeux décorés d'un filigrane or et argent ornaient l'énorme tête, et au-dessus de chaque œil, la peau était soulevée, formant une espèce de triangle un peu comme les cornes d'une jeune chèvre. Quant à la bouche, simplement mons-trueuse, elle paraissait faire le tour de la tête. Avec de telles caractéristiques : bouche boudeuse et tombante bordée de lèvres en bourrelets, la nature avait réussi une composition ahurissante, où l'expression malveil-lante s'alliait à l'arrogance d'un monarque obèse. Autre méchanceté, la peau était le plus vulgaire bario-lage imaginable : sur un fond jaune moutarde se détachaient de grosses taches rouge et vert cendré, et l'ensemble ressemblait à une carte du monde.

Tandis que Paula invoquait Dieu et tous ses saints en assurant Jacquie que la senora ne tarderait pas à être veuve, je me penchai sur notre protégé pour l'examiner de plus près. Dès qu'il se sentit observé, son gosier eut une sorte de convulsion et son corps se gonfla au point de doubler de volume; il se mit à expirer en une série de sifflements accompagnés de petits bonds dans ma direction et de claquements de bouche. Numéro absolument saisissant, car l'intérieur de cette immense ouverture était d'un jaune primevère éclatant.

En l'entendant lancer son cri de guerre, Paula joignit les mains et marcha de long en large, affolée. Je ne sais pourquoi, je jugeai bon de lui donner quelques rudiments d'histoire naturelle; peut-être simplement parce que j'étais désireux de rehausser mon prestige. Toujours est-il que je ramassai le crapaud qui se débattit en sifflant tel un asthmatique, et m'approchai de la fenêtre où Paula ne cessait d'apparaître et de disparaître à la façon d'une marionnette.

— Regardez, Paula... regardez, criai-je, il n'est pas dangereux.

Comme l'animal ouvrait son immense bouche pour lâcher de nouveau un son de cornemuse, j'y fourrai mon pouce. Sous le coup de la surprise, la bouche resta béante l'espace de quelques secondes et j'adressai un sourire réconfortant à Paula qui semblait au bord de l'évanouissement.

— *No venenoso,* répétai-je, *no...*

A cet instant précis, le crapaud qui se remettait de sa surprise, referma brusquement la bouche. Je crus que l'extrémité de mon pouce était resté dans des tenailles. Je parvins à étouffer un cri de douleur. Pour la première fois, Paula se tut et me fixa avec des yeux en boules de loto. Je détournai la tête pour grimacer de coin — espérant qu'elle prendrait cela pour un sourire tandis que le crapaud jouait à serrer et desserrer les mâchoires toutes les secondes.

— *Santa Maria,* finit-elle par s'exclamer, *que extraordinario... no venenoso,* senor?

— *No... no venenoso,* dis-je avec un sourire crispé.

— Mais que se passe-t-il? demanda Jacquie.

— Pour l'amour du ciel, éloigne cette femme. Cette satanée bestiole m'a presque enlevé le pouce.

Jacquie détourna l'attention de Paula en lui parlant du repas et Paula s'évapora vers la cuisine en répétant comme une litanie : *extraordinario...* Une fois éloigné le témoin de ma mésaventure, je me mis à arracher à l'étau ce qui restait de mon pouce — et cela posait un sérieux problème, car si la bête avait une prise d'une puissance terrible, ses mâchoires par contre étaient fragiles et se ployaient de façon inquiétante chaque fois que nous essayions de les ouvrir avec un bâton. Or, cette manœuvre m'apportait un plaisir accru, car au moment où on retirait le bâton, l'animal serrait le pouce un peu plus fort. En désespoir de cause, je posai la main sur le ciment, dans l'espoir qu'il me lâcherait; mais il se contenta de s'accroupir en serrant sa prise comme un chien de garde et me regarda d'un air méfiant.

— Peut-être que tu devrais te mettre ailleurs que sur le ciment, suggéra Jacquie.

— Tu veux peut-être que j'aille m'asseoir avec lui dans l'étang? dis-je avec mauvaise humeur.

— Non, mais je pense que si tu mettais ta main dans le buisson d'hibiscus, il aurait peut-être envie de s'échapper.

— Je n'ai pas l'impression qu'il me lâchera davantage.

— Fais comme tu veux. Mais enfin tu n'as pas l'intention de porter toute ta vie un crapaud au bout du pouce?

Comme il fallait choisir entre le risque d'abîmer la bouche de l'animal en cherchant à la lui ouvrir et le buisson, je choisis le buisson. J'y plongeai la main. Le crapaud fit un bond en arrière et me lâcha. Je regardai mon pouce sur lequel ses mâchoires avaient laissé un cercle rouge; au bout d'une heure l'ongle lui-même était meurtri. Je dus attendre plusieurs jours avant de pouvoir me servir de ce doigt, mais j'étais à tout jamais guéri du désir de persuader les gens que le crapaud était inoffensif.

Le Chaco était un véritable paradis pour les oiseaux qui ne tardèrent pas à dominer dans notre collection. Les plus gros, au nombre de deux, étaient des oiseaux du Brésil — les *seriemas*. De la taille d'un poulet, ils étaient montés sur des jambes longues et puissantes, et leur grosse tête reposait sur un cou également long. Un bec légèrement recourbé en son extrémité et d'énormes yeux pâles leur donnaient l'air de hiboux. Leur plumage était brun gris sur le cou et le dos et crème sur la poitrine. Quant à leur tête, elle s'ornait au-dessus du nez de deux curieuses petites touffes de plumes qui se dressaient toute raides. Leur démarche — cou recourbé et tête rejetée en arrière avec une expression dédaigneuse — rappelait étrangement celle du chameau. Nos deux hôtes étaient si parfaitement apprivoisés que nous les laissions se promener chaque matin autour du camp.

Ils commençaient par un tour d'inspection. Paradant avec beaucoup de dignité pendant quelques mètres, puis s'immobilisant soudain, ils levaient une jambe et restaient dans cette position, figés dans leur dédain, leur crête miteuse toute frémissante. Puis, quittant cette position, ils posaient la jambe et reprenaient leur promenade à pas comptés, pour marquer de nouveau une pause quelques mètres plus loin — telles deux douairières.

Il leur arrivait cependant de se départir de leurs grands airs et de s'abandonner à des extravagances échevelées. Quand l'un d'eux, par exemple, rencontrait une brindille, il la ramassait et, la tenant dans son bec, se précipitait vers sa compagne pour déposer l'offrande sur le sol. C'était alors le départ d'une sorte de ballet minutieusement réglé : tous deux fixaient d'abord la brindille, puis commençaient à pirouetter tout autour; ils s'inclinaient courtoisement tout en agitant leurs larges ailes et en ramassant de temps à autre la brindille qu'ils envoyaient en l'air d'un air amusé. Le jeu s'arrêtait aussi soudainement qu'il avait commencé. Immobiles de nouveau, ils se dévisageaient d'un air glacial et partaient chacun de leur côté.

Ces deux créatures avaient également la passion des clous — passion qui me compliquait diablement la vie quand je travaillais par terre à construire une cage. Elles picoraient les clous dans le paquet — sans jamais, Dieu merci, les avaler — et jouaient à les éparpiller un peu partout.

A part ces deux excentriques, l'oiseau qui nous amusa sûrement le plus était un râle, un petit râle de marais dont les yeux perçants étaient d'une chaude couleur de vigne, et qui possédait un long bec terriblement pointu ainsi que d'énormes pattes. Ce fut le seul spécimen qui eut l'honneur de nous être procuré par Paula — qui n'en fut pas la moins surprise.

Cela se produisit tout à fait par hasard. Jacquie s'était réveillée un matin avec un peu de température et je l'avais obligée à garder le lit. Aussitôt après le petit déjeuner, j'informai Paula que la senora ne se lèverait pas et je partis m'occuper des animaux. Au retour, Jacquie était toujours dans son lit, mais sur la

146

véranda, et de la maison me parvenait toute une cacophonie discordante où dominait la voix de Paula.

— Que se passe-t-il donc? demandai-je à ma femme.

— Dieu merci, te voilà! répondit-elle. La matinée a été quelque chose d'inimaginable. Pendant deux heures, après ton départ, Paula n'a pas cessé d'entrer et de sortir sur la pointe des pieds avec toute une collection de tisanes et de gelées. Ayant finalement compris que j'avais envie de dormir, elle a renoncé à s'occuper de moi et s'est attaquée au nettoyage de la maison. Comme ça se passe une fois par semaine, il fallait, naturellement, que ça tombe ce jour-là!

Dans la maison, on eût cru qu'une troupe de cosaques galopaient en rond, pourchassés par des Indiens. Une chute, un bruit de verre brisé, et le manche d'un balai apparut à travers la vitre.

— Que diable se passe-t-il là-dedans?

— Attends... je vais t'expliquer, me dit Jacquie. Au moment où j'allais m'endormir, Paula est entrée pour faire la chambre. Je lui ai dit que je voulais rester couchée et que le ménage attendrait. Ça n'a pas eu l'air de lui plaire et elle est sortie précipitamment en appelant ses jeunes filles. Elles sont arrivées à dix au moins, et avant que j'aie eu le temps de comprendre ce qui se passait, je me suis retrouvée sur la véranda, toujours dans mon lit, et toute la troupe s'est lancée dans le nettoyage.

— Et c'est la chambre qu'elles sont en train de faire maintenant? demandai-je en entendant de nouveau un fracas, suivi de cris aigus et de bruits de pas.

— Non... elle est finie, et elles allaient y replacer mon lit, quand Paula a soudain poussé un de ses cris que tu connais, elle disait qu'elle voyait un bicho dans le jardin. D'où j'étais, je ne pouvais pas le voir, et je voulais demander aux filles de quel animal il s'agissait. Mais elles ont dévalé le jardin en explorant les buissons. Paula dirigeait les opérations. Toujours est-il que le bicho s'est sauvé, s'est engouffré dans la maison et qu'elles sont parties à sa recherche. Je ne sais pas ce qu'elles ont bien pu casser, car elles se bousculent comme des folles depuis plus d'une demi-heure. J'ai essayé de les appeler à plusieurs reprises, mais je n'ai rien pu en obtenir.

— Il y a une chose dont tu peux être certaine, c'est que le bicho en question est d'une espèce inoffensive — sinon elles ne l'auraient pas poursuivi de cette façon... mais je vais jeter un coup d'œil.

Le living-room semblait avoir souffert d'un cyclone et de multiples indices prouvaient que la chasse s'était poursuivie à travers la seconde chambre. Je risquai un œil par la porte ; échappant de justesse à un balai surgi de je ne sais où, je me retirai prudemment en criant :

— Eh ! Paula, *qué pasa?*

Un silence, puis la porte s'ouvrit brusquement et Paula apparut sur le seuil, toute tremblante.

— Senor, dit-elle, solennelle, en désignant le lit, *un bicho, senor, un pajaro muy lindo!*

J'entrai et refermai la porte, surveillé par le gang des jeunes filles, toutes contentes au milieu de la chambre dévastée. Elles avaient souffert de la chasse au bicho ; échevelées, pantelantes, l'une d'elles avait

148

même laissé dans la poursuite tout le devant de sa robe (ce dont personne n'aurait songé à se plaindre, car ses charmes étaient indiscutables). Le cœur chaviré par les effluves de tous leurs parfums répandus dans un espace si restreint, je m'approchai du lit, et à quatre pattes, regardai dessous. Paula et les filles m'enfermèrent comme dans une mêlée, tandis que je cherchais le bicho. Sous le lit un râle, haletant, mais encore belliqueux, se tenait tapi. Les quelques minutes qui suivirent furent pleines de suspense : les filles et Paula se rassemblant d'un côté pour essayer de chasser l'oiseau, moi me glissant sous le lit en rampant, une serviette à la main, pour tenter de l'attraper. Mais je n'y réussis pas, car lorsque je lançai la serviette, le pied de Paula était innocemment posé dessus. Je dus mon second échec à une des jeunes personnes qui, dans son excitation, me marcha sur la main. Je réussis finalement et refis surface avec le râle que je tenais enfermé dans la serviette et qui criait à tue-tête. J'allai le montrer à Jacquie, tandis que Paula, retrouvant son autorité, donnait l'ordre à ses filles de remettre la maison en état.

— C'est pour ça, s'exclama Jacquie d'un air dégoûté en voyant la petite tête empoussiérée qui sortait de la serviette, qu'elles ont fait tout ce tintamarre?

— Oui... et elles étaient dix à le poursuivre!

— Je ne trouve pas que cela méritait un pareil effort, reprit Jacquie; il a l'air terriblement banal, et brute avec ça.

En fait Jacquie se trompait, car notre râle, s'il avait

mauvais caractère, montra beaucoup de personnalité et ne tarda pas à devenir notre oiseau préféré. Sa démarche était d'un comique irrésistible. Il s'avançait, tout efflanqué, puis s'arrêtait soudain et, la tête basse, il regardait, le cou tendu, à la manière d'un maître d'école myope qui épierait sa classe par le trou de la serrure. Apparemment satisfait, il se redressait, agitait trois ou quatre fois sa petite queue pointue et repartait de son air affecté. Cette habitude de battre de la queue de haut en bas lui avait valu le surnom, un peu familier, certes, mais éloquent de « Flap Arse » (1). Il n'hésitait jamais à se servir de son bec aiguisé comme une flèche, et picorait tout sauvagement, même la main qui nettoyait sa cage ; cette opération était donc devenue la plus ardue de toutes nos tâches. Pour illustrer ce que je viens de dire, je raconterai que le jour de sa capture, j'avais empli d'eau une boîte de métal ayant contenu des cigarettes et à peine l'avais-je introduite dans la cage qu'il se jeta dessus et la traversa d'un coup de bec, aussi aisément qu'une aiguille traverse une étoffe. Nous le gardâmes dans une cage à barreaux de bois au travers desquels il épiait l'univers en lançant de temps à autre un cri rauque qui était, je crois, une sorte de réprimande.

Sa cage était à deux étages ; dans celui du dessus nous avions installé un autre oiseau, un des préférés de Jacquie, et que j'avais baptisé Dracula — ce que ma femme n'appréciait pas. C'était un ibis à la face nue ; gros comme un pigeon, il avait des jambes tra-

(1) Battre du derrière.

pues couleur de chair et un long bec recourbé de la même couleur. A l'exception d'une zone autour des yeux et du bec — qui était dénudée et couleur chandelle —, tout le reste du corps était recouvert d'un plumage noir parfaitement funèbre. Deux petits yeux ronds et tristes semblaient scruter avec difficulté. Mangeur délicat, Dracula ne pouvait absorber sa viande que réduite à l'état de filaments, avec beaucoup d'eau ; et si nous mélangions à sa mixture une parcelle de cervelle crue, si minuscule soit-elle, son bonheur était complet ; il plongeait alors à coups rapides dans cette friandise et s'interrompait de temps à autre pour laisser échapper de petits sifflements de plaisir. Tout exquis et attachant qu'il fût, il avait quelque chose d'inquiétant quand il identifiait, avec un gloussement sadique, un morceau de cervelle gluante et saignante — un peu comme un vampire découvrant une tombe fraîche.

Une autre de nos créatures, passionnée elle aussi de cervelle, était un ibis à tête noire. Pendant un certain temps, il fut mis à un régime uniquement carné ; j'eus l'idée un jour d'améliorer son ordinaire en mélangeant un peu de cervelle à sa viande. C'était, pour lui, une initiation, et il apprécia tellement ce mets nouveau qu'il décida que la viande était désormais trop dure pour lui et il réclamait de la cervelle à chaque repas. A la différence de Dracula, l'ibis ne prétendait pas aux bonnes manières ; à l'heure du repas, il s'installait aussi près que possible de sa gamelle (de préférence dedans) et éparpillait les morceaux de cervelle tout autour de lui et sur lui, avec l'insouciance de quelqu'un qui lancerait des confettis, tout en poussant, le bec plein, des « arr-onk » triomphants.

Une fois par semaine, ces trois pensionnaires — Flap Arse, Dracula et l'ibis — avaient un repas de poisson, cela pour leur santé. Mais un programme aussi saugrenu, en plein milieu du Chaco où personne n'avait jamais vu de poisson sur le marché local, représentait pour nous une difficulté peu ordinaire. Armés d'un équipement qui laissait supposer que nous partions pour la pêche au requin, nous gagnions, le matin, le bord de la rivière. Il y avait là un vieux débarcadère désaffecté, dont les poutres étaient un repaire pour les araignées et autres créatures et disparaissaient presque sous un grand tapis brillant de feuilles de volubilis parsemé de trompettes roses. Nous avancions prudemment de poutre en poutre en prenant soin de ne pas déranger les nids de grandes guêpes bleues, et nous arrivions à la vieille jetée faisant saillie, au-dessus des eaux noires, avec ses piliers fragiles auxquels les feuilles de lys semblaient faire une collerette. Perchés à l'extrémité de la jetée, une fois les appâts fixés aux hameçons, nous lancions nos lignes dans l'eau brune. C'était à peine de la pêche, car les poissons étaient si nombreux que le moindre morceau de viande suffisait à amener autour de l'hameçon toute une ronde de candidats au suicide. C'était encore bien moins un sport, car l'issue ne faisait aucun doute ; mais ces petites expéditions étaient pour nous un prétexte pour rester assis sur la jetée à admirer le merveilleux paysage. Les couchers de soleil nous emplissaient d'une telle joie que les nuées de moustiques n'arrivaient pas à nous arracher à notre contemplation.

Après deux mois passés avec nous dans le Chaco, Rafael dut nous quitter pour regagner Buenos Aires. La veille de son départ, nous passâmes la soirée à pêcher et le coucher de soleil fut sans doute le plus grandiose que nous ayons jamais eu. Il avait plu quelque part vers le nord, dans les grandes forêts brésiliennes, et la rivière était en crue. Le ciel pur était couleur de turquoise, puis à mesure que le soleil plongeait doucement, nous le vîmes passer du jaune au rouge lie-de-vin, tandis que les eaux sombres de la rivière se déroulaient comme du velours. Quand le soleil atteignit l'horizon, il marqua une pause et, surgirent alors, dont ne sait où, trois petits nuages noirs, légers comme des bulles de savon et bordés de rouge; ils se disposèrent avec grâce, et derrière ce paravent le soleil disparut discrètement. Puis, vers l'embouchure de la rivière, les premiers petits îlots flottants apparurent. Amenés par les eaux en crue, c'étaient des lys, des volubilis et des herbes enroulés autour des troncs arrachés aux grandes forêts. Le soleil avait maintenant disparu et, dans le bref crépuscule, la rivière avait pris une couleur lunaire; par centaines, les îlots glissaient silencieusement vers la mer; certains étaient de la taille d'un chapeau, d'autres énormes et solides comme des mâts. Chacun portait sa cargaison de semis, de pousses, de sangsues, de crapauds, de serpents et d'escargots. Étrange armada que nous regardâmes défiler jusqu'au moment où, la nuit étant venue, il ne fut plus possible de distin-

153

guer quoi que ce soit, si ce n'est le doux murmure des masses feuillues qui caressaient les piliers de la vieille jetée. Bientôt, fuyant les nuées de moustiques, nous regagnâmes le village en silence; tout au long de la nuit, la vie se poursuivit sur la rivière qui, au matin, était redevenue aussi calme qu'un miroir.

8

L'ÉTRANGE OISEAU ET L'ANACONDA

C'est au son d'une bien curieuse musique que s'annonça le spécimen qui nous arriva un matin. De très loin, j'aperçus un Indien, lancé au pas de course, qui se dirigeait vers le camp. D'une main il retenait son chapeau sur sa tête, tandis que de l'autre, il semblait empêcher quelque chose de sortir de son panier. La chose en question n'avait pas l'air d'apprécier ce moyen de transport et exprimait son opinion par une suite ininterrompue de sons qui rappelaient les « couin couin » d'un vieux klaxon. L'Indien se précipita vers moi, déposa le panier à mes pieds, puis recula en soulevant son chapeau et en souriant de toutes ses dents.

— *Buenos dias, senor,* me dit-il, *es un parajo muy lindo.*

De quel oiseau pouvaient bien sortir de tels sons? Le panier continuait à s'agiter sur le sol et son contenu criait de plus belle. Je me penchai et aperçus un œil de bronze qui me regardait à travers la vannerie. Je soulevai légèrement le couvercle pour jeter un coup d'œil : une masse de plumes fauves, puis un bec vert, long et pointu comme une dague, traversa le panier, s'enfonça dans mon pouce et se retira. Jacquie, attirée par le cri que je venais de pousser et les jurons qui m'étaient arrachés, me demanda, l'air résigné, de quel animal j'étais cette fois-ci la victime.

— Un butor, marmonnai-je en suçant mon pouce.

— Est-ce que tu cherches à être drôle?

— Je te dis que je viens d'être mordu par ce sacré oiseau... ou plutôt qu'il m'a donné un coup de bec... c'est un tigre-butor.

— Pas un jaguar-butor? demanda-t-elle gentiment.

— Tu te trompes si tu crois que c'est le moment de faire des plaisanteries aussi sottes, répliquai-je avec aigreur. Aide-moi plutôt à sortir cette bestiole du panier... pour que je l'examine.

Elle s'accroupit, souleva le couvercle et de nouveau le grand bec vert s'apprêta à attaquer ; mais cette fois-ci, j'étais paré. Je le saisis adroitement entre le pouce et l'index. Malgré les protestations assourdissantes et les coups de patte, je réussis à glisser la main à l'intérieur du panier et, tenant solidement l'oiseau sous les ailes, je l'en extirpai.

Je ne sais ce que Jacquie s'attendait à voir, mais elle en eut le souffle coupé. Le butor est, en effet, de tous les échassiers, l'un des plus spectaculaires. Imaginez un héron de petite taille, aux pattes et au bec vert cendré et qui serait entièrement recouvert d'un plumage vert pâle tacheté et rayé à la fois de noir et d'orange : le résultat est comme un petit feu de joie.

— Il est merveilleux! s'exclama Jacquie. Quelles couleurs!

— Une seconde... je veux voir son aile... elle a l'air de pendre d'une drôle de façon.

Tandis que Jacquie lui maintenait les pattes, je glissai la main le long de son aile gauche et je trouvai l'enflure classique qui accompagne toute fracture; située assez haut, elle était nette et sans esquilles.

— Quelque chose de cassé? demanda Jacquie.

— Oui, une fracture... mais simple.

— Quel dommage! Un si joli oiseau. Tu ne peux rien faire pour lui?

— Je vais essayer, mais tu sais, les bandages, avec ces créatures stupides.

— Tu ne risques rien d'essayer. Cela en vaut la peine.

— Bon! Va chercher de l'argent pour l'Indien et je vais lui dire ce qu'il en est de l'oiseau.

Non sans mal, j'expliquai à notre Daniel Boone que son butor avait une aile cassée. Je guidai son doigt sur la fracture, et il secoua la tête tristement. Puis je m'efforçais de lui expliquer que j'allais lui payer la moitié seulement du prix — et l'autre moitié dans une semaine si l'oiseau s'en tirait. Ayant usé sans succès de toutes mes connaissances d'espagnol et dans l'impossibilité — ce qui m'eût été utile — de me servir de mes mains pour m'exprimer (l'une serrait l'oiseau, l'autre lui tenait le bec fermé) je répétai ma petite histoire à l'Indien. Soudain son visage s'éclaira et il opina vigoureusement de la tête. Nous échangeâmes de grands sourires tandis qu'il m'adressait de petits saluts en répétant « *gracias, gracias* ». Puis il me demanda combien j'allais lui donner. Cette simple question devait être ma perte. Oubliant toute prudence, je levai la main pour composer le chiffre avec mes doigts. C'était malheureusement celle qui tenait le bec. L'oiseau, qui n'attendait que cela, fit ce qu'aurait fait n'importe lequel de ses semblables : il leva la tête et se précipita, le bec en avant, sur mes yeux. Par une chance extraordinaire, j'eus le temps de rejeter la tête en arrière; il manqua mes yeux, mais m'attrapa la narine gauche et la pointe de son bec se planta quelque part près du sinus.

Je n'essayerai pas de qualifier la souffrance que j'éprouvai. C'était comme si un cheval m'avait botté en plein visage. Le sang giclait de mon nez comme d'une fontaine, aspergeant l'oiseau et l'Indien qui s'était précipité pour me venir en aide. Je lui tendis le butor et rentrai pour me soigner; Jacquie s'affaira avec des serviettes humides, du coton et de l'acide borique, en me grondant tendrement.

— Mon Dieu! Que serait-il arrivé s'il avait atteint ton œil? disait-elle en nettoyant le sang séché sur mes lèvres et mes joues.

— Je préfère ne pas y penser. Avec ce bec d'au moins quinze centimètres, il m'aurait traversé le cerveau.

— Si seulement ça pouvait te rendre plus prudent, commenta Jacquie du ton sévère de quelqu'un qui a eu peur. Tiens ce coton un moment sous ton nez... cela saigne encore un peu.

Je partis régler l'Indien, puis installai mon butor

dans une cage. Ensuite j'allai chercher le matériel médical nécessaire pour soigner la fracture. Il fallait du bois tendre pour découper deux attelles. Je les plaçai sur deux couches de coton et les maintins en place avec de la charpie. Une grande caisse me servit de table d'opération où je posai bandages, ciseaux et lames de rasoir ; après avoir enfilé un gant j'allai chercher mon patient. A peine la porte de la cage ouverte, il se jeta en avant, toujours agressif ; mais je l'attrapai par le bec et le tirai dehors malgré ses protestations. La première opération consista à lui lier les pattes et le bec à l'aide d'un bandage et à le coucher sur la table. Jacquie lui tenant les pattes et le bec, je me mis au travail. Je commençai par dépouiller l'aile de ses plumes, moins pour faciliter la pose de l'attelle que pour alléger l'aile. Une fois celle-ci mise à nu, je glissai l'attelle dessous en prenant soin de placer la fracture au milieu de la planchette ; cela était le point le plus délicat de l'intervention ; je tâtai pour trouver les deux extrémités de l'os et les placer dans la bonne position. Puis j'étendis l'autre attelle au-dessus, et je serrai fortement le tout dans une couche de coton. Restait alors à ficeler l'ensemble avec des mètres de bandage et à attacher cette masse contre le corps avec une sorte d'écharpe pour éviter que le poids n'entraîne l'aile vers le bas, et ne déplace les extrémités de l'os. L'opération achevée, je remis le patient dans sa cage, avec une bonne ration de viande hachée et d'eau fraîche.

Il se conduisit, tout au long du jour, de façon irréprochable et n'essaya pas de toucher à ses bandages — ce qui est rare pour une créature sauvage qui découvre la vie en captivité. J'avais connu précédemment tant d'expériences exaspérantes avec des oiseaux et des mammifères auxquels j'avais eu à prodiguer des soins, que j'étais tout heureux de voir mon butor se résigner si calmement à son sort. Et j'allai jusqu'à lui prêter l'intelligence d'avoir compris que cet inconfort était pour son bien. Je l'avais surestimé ; dès le lendemain matin je devais déchanter car Jacquie, l'air atterré, m'appela près de la cage.

— Viens voir cet idiot.

— Qu'a-t-il fait ?

— Eh bien, regarde... tu étais un peu trop optimiste, hier.

Tapi dans un coin de sa cage, le butor posa sur nous un regard à la fois satisfait et penaud. Il avait, bien sûr, réussi à libérer son aile des bandages, mais il avait oublié une chose, qui était la structure même de son bec ; l'intérieur est finement dentelé comme une scie dont les dents seraient dirigées vers la gorge et ces fines dentelures, quand il attrape un poisson, le maintiennent et l'empêchent de glisser. Cela est parfait quand le butor se débat avec un poisson, ce l'est moins quand il sert à dérouler de la gaze qui reste accrochée au bord dentelé du bec. Avec ces mètres de gaze accrochés au bec comme des festons, il avait l'air d'un père Noël dont la barbe aurait glissé de côté dans la chaleur d'un grand magasin. Nous entendant rire, il nous regarda et, de son bec empêtré dans la gaze, poussa un cri assourdi de protestation.

Il fallut le sortir de sa cage et passer une bonne demi-heure à le débarrasser avec une pince à épiler.

160

Les attelles étaient fort heureusement restées en place, et les os n'avaient pas bougé. Nous reprîmes toute l'opération et, devant son air contrit, je crus qu'il avait compris. Mais le lendemain matin, il avait répété son numéro — et nous répétâmes le nôtre jusqu'au moment où cela devint fastidieux.

— J'en ai assez de cet idiot, disais-je à Jacquie tout en refaisant ses bandages pour la huitième fois.

— Moi aussi... mais que faire? En outre, à cette cadence-là notre réserve de bandages sera bientôt épuisée; je regrette que nous n'ayons pas songé à apporter de l'emplâtre adhésif.

— Ou même du sparadrap... parce que là on l'aurait bien eu. Mais ce qui est plus grave, c'est que si cette aile se ressoude, elle risque fort d'être de travers.

— Il n'y a rien d'autre à faire qu'à attendre, conclut Jacquie très sagement.

Pendant trois semaines, l'aile de l'oiseau fut donc sans cesse manipulée et le jour vint enfin de retirer définitivement les bandages.

— Je me demande bien ce que cela va donner? dit Jacquie.

— Il aura probablement une aile en tire-bouchon, dis-je avec une certaine tristesse.

Les attelles tombèrent et ce fut la surprise : l'aile était parfaite, et le cal absolument invisible; à peine le devinait-on. Naturellement les muscles s'étaient atrophiés avec l'immobilité; mais je savais qu'ils reprendraient vite leur vigueur et que l'aile redeviendrait normale et retrouverait ses plumes avec le temps. Ce patient faisait notre fierté, et de plus, il était l'illustration de ce qu'on peut obtenir avec de la persévérance, même lorsque le cas semble désespéré. Il n'en eut, bien sûr, aucune gratitude — il fallait voir les attaques sauvages dont nous faisions l'objet à l'heure des repas — mais la récompense indirecte fut peut-être que, grâce à lui, nous rencontrâmes l'étrange oiseau et l'anaconda.

L'Indien qui nous avait apporté le butor ne revint pas le jour prévu chercher le reste de son argent, mais dix jours plus tard. Il manifesta un plaisir réel en voyant comment nous avions soigné l'oiseau. Son retard venait de ce qu'il avait essayé d'attraper pour nous un serpent d'une taille monstrueuse, *« muy, muy grande »*, et terriblement redoutable. Cet ancêtre de tous les reptiles vivait dans un marais derrière sa maison, et à deux reprises, en l'espace de trois mois, le reptile était venu lui voler un poulet. L'Indien avait réussi à le suivre jusqu'au marais, mais n'avait pu le trouver. Cependant, la nuit dernière, il croyait avoir repéré l'endroit où il s'était installé pour digérer son dernier poulet. Le senor, demandait-il avec déférence, aimerait-il l'accompagner pour attraper le serpent? Le senor répondit que rien ne pourrait lui faire plus plaisir, et nous prîmes rendez-vous pour le lendemain matin.

Pensant que cette chasse (dont j'espérais qu'elle se terminerait par la capture d'un anaconda) pourrait faire l'objet d'un film original, je m'occupai sur-le-champ de retenir un char à bœufs pour Jacquie et la caméra. Avec leurs roues gigantesques, dont certaines atteignent plus de deux mètres de diamètre, ces chars sont à même de traverser des terres marécageuses et passent là où tout autre véhicule s'enliserait. L'attelage varie en fonction de la charge à tirer, et malgré son indiscutable lenteur et son inconfort, ce moyen de transport a l'avantage de vous emmener dans des régions autrement inaccessibles.

Le lendemain matin notre cortège s'ébranla pour le repaire de l'anaconda, l'Indien et moi à cheval et Jacquie accroupie sur son char tiré par un couple de bœufs aux yeux rêveurs.

Le fameux marais était beaucoup plus loin que prévu. J'avais espéré l'atteindre avant que le soleil soit trop haut, mais à 10 heures, dans une chaleur déjà intense, nous étions encore à cheminer au milieu des buissons. Les bœufs réglaient l'allure de la caravane : ils avançaient deux fois plus lentement que nos chevaux, que nous devions retenir. De plus, la région était terriblement sèche et poussiéreuse, et nous devions marcher côte à côte. Étant donné la poussière, nous ne pouvions ni suivre le char ni le précéder, car les bœufs auraient été suffoqués. Les oiseaux apportaient au paysage son animation matinale; des groupes de coucous guira picoraient en se chamaillant dans les herbes au bord du sentier. Lorsque les roues du char n'étaient plus qu'à un mètre, ils s'envolaient pour se poser un peu plus loin. Dans les *palos borrachos* tout décorés de leur guirlande de mousse, les toucans venaient se poser pour nous observer par-dessus leur long bec luisant et pousser, tels des loulous de Poméranie, de petits cris perçants. Il n'était pas un seul tronc d'arbre, pas une éminence sur lesquels ne soit posé un tyran — ces oiseaux qui ressemblent tellement à des fleurs blanches et dont la poitrine scintille comme une étoile. De temps à autre ils se laissaient tomber comme un flocon de neige, pour happer un insecte, dépliant leurs ailes noires. Au milieu du chemin un *seriama* s'arrêta un instant sur une de ses longues pattes pour nous observer d'un œil dédaigneux, puis il repartit, l'air affairé, vers d'autres occupations.

Soudain le paysage s'ouvrit. La forêt devint moins épaisse, et de chaque côté, on vit l'eau apparaître. Deux par deux, ibis, cigognes et hérons défilaient entre les herbes luxuriantes, dignes comme des moines déambulant dans un cloître. Nous aperçûmes au loin la cabane, but de notre expédition ; mais pour l'atteindre, il fallait encore traverser toute une étendue qui ressemblait à une plaine, mais qui était en réalité un marécage recouvert de végétation. A peine y avions-nous pénétré que les bœufs et les chevaux avaient de l'eau jusqu'au ventre. Avec leurs pattes plus trapues et plus robustes, les bœufs s'en tiraient mieux que les chevaux, car les lianes ne s'accrochaient pas à elles. Ils se contentaient de labourer comme sur un terrain sec et avançaient à une allure constante en écrasant tout sous leurs pas. Il en était tout autrement des chevaux dont les jambes s'empêtraient dans les lianes et les longues tiges des lys, qui les faisaient trébucher. Non sans peine, ils atteignirent enfin l'autre rive et s'arrachèrent avec soulagement à la végétation aquatique, tandis que les bœufs, les pattes enturbanées de lianes et de feuilles, gagnaient la terre ferme du même pas indifférent.

A notre arrivée, la femme de notre guide insista pour que nous nous reposions autour de la classique tasse de maté. Une courte halte à l'ombre était la bienvenue et nous acceptâmes avec plaisir. Jacquie et moi, en notre qualité d'invités d'honneur, eûmes droit à des tasses ; quant aux autres, ils partagèrent le pot et la pipe. Debout, une petite fille officiait et passait la pipe de l'un à l'autre ; chacun aspirait à son tour une bouffée de maté. Au bout de quelques minutes, frais et dispos, nous prîmes congé de la femme après l'avoir remerciée. La hutte était loin de représenter la fin de notre périple ; le plus dur restait à faire et la dernière heure fut un enfer. Nous étions maintenant au milieu d'un immense marais muré de tous côtés par la forêt qui le transformait en fournaise, sans un souffle d'air pour atténuer l'ardeur du soleil. Dans l'eau qui montait maintenant beaucoup plus haut, la végétation était si dense que même les bœufs peinaient. Le sous-sol était un véritable paradis pour les moustiques, qui formaient un écran compact ; ils s'abattaient sur nous dans un vrombissement joyeux et accrochés par grosses plaques, ils nous suçaient voracement, gênés seulement par la sueur qui inondait nos visages. Après quelques efforts, évidemment inutiles, pour tenter de les chasser, nous sombrâmes dans une espèce de léthargie et nous nous offrîmes en victimes aux millions d'insectes prêts à pomper notre sang. Enfin, le voile sembla s'éclaircir et je parvins à distinguer une sorte d'île, petite éminence carrée au-dessus du tapis de végétation. Comme nous approchions, je vis qu'elle était boisée et ombragée et je pensai qu'il serait merveilleux de s'y reposer.

Notre guide eut, semble-t-il, la même idée, car il se retourna sur sa selle et me cria en balayant d'un revers de main les moustiques collés à son visage :

— *Senor, bueno, eh?*

— *Si, si muy lindo,* répondis-je, et faisant faire demi-tour à mon cheval je galopai jusqu'au char et arrachai des roues tout un lambeau de plantes déracinées. Jacquie était effondrée au fond, un énorme chapeau perché sur sa tête et la figure dissimulée sous un foulard.

— Qu'est-ce que tu dirais d'une halte?

Un œil sombre me regarda, entre les plis du foulard; lorsqu'elle l'enleva, je vis un visage rouge et enflé, dévoré par les moustiques.

— Oh, ce n'est pas de refus, dit-elle. (Et elle ajouta d'un ton amer :) Mais ce que j'aimerais, c'est une douche froide, une boisson glacée et surtout une tonne de D.D.T. Mais je sais bien que ce n'est pas pour tout de suite.

— Oui, bien sûr, mais on va pouvoir se reposer. Regarde là-bas cette petite éminence. On va s'y asseoir quelques minutes.

— Mais où perche donc ce maudit serpent?

— Je ne sais pas, Jacquie, mais notre guide a l'air tout à fait confiant.

— Heureusement pour nous!

La caravane émergea du marais et se traîna jusqu'à l'ombre des arbres. Jacquie et moi, très mélancoliques, grattions nos piqûres, tandis que nos deux Indiens se lançaient dans une longue conversation. Selon le guide, le serpent aurait dû se trouver à peu près à cet endroit, mais visiblement il avait dû s'éloigner un peu. Il suggéra que nous attendions tandis qu'il allait reconnaître les lieux. Je lui offris une cigarette et il se replongea dans le marais où il pataugea, entraînant à sa suite un nuage de moustiques. Je somnolai un peu et fumai une cigarette; un peu revigoré, j'allai faire le tour des buissons pour voir s'il ne s'y cachait pas quelque reptile. Soudain Jacquie poussa un cri d'angoisse.

— Qu'y a-t-il?

— Viens vite m'enlever ça, s'il te plaît.

— T'enlever quoi? criai-je en enjambant les buissons.

Elle avait relevé une des jambes de son pantalon. Sur sa peau était accrochée une énorme sangsue gorgée de sang.

— Grand Dieu! m'exclamai-je, mais c'est une sangsue!

— Je sais bien que c'est une sangsue... et je te demande de me l'enlever.

— On dirait une sangsue de cheval, dis-je en l'examinant de plus près.

— Son espèce ne m'intéresse pas... Tu ne comprends pas! s'écria Jacquie, furieuse. Enlève-la, tu sais bien que j'en ai peur.

J'allumai une cigarette et en approchai le bout incandescent du postérieur de la bestiole. Elle eut une convulsion, lâcha prise et tomba; je l'écrasai sous mon pied; elle éclata littéralement comme un ballon en déchargeant une giclée de sang qui fit frissonner Jacquie.

— Je t'en prie... regarde si je n'en ai pas d'autres.

Je l'examinai soigneusement et la rassurai :

— Je ne comprends pas où tu as pu la ramasser. Aucun de nous n'en a.

— Je ne sais pas... elle était peut-être dans un arbre.

Et elle leva la tête comme si elle allait en apercevoir au-dessus de nous, puis soudain s'immobilisa :

— Regarde, Gerry... là-haut, vite.

Levant les yeux, j'aperçus une petite créature qui avait été témoin du strip-tease auquel je venais de me livrer sur Jacquie. Dans un creux d'arbre, au milieu d'une minuscule tête emplumée, deux gros yeux dorés nous observaient. Cet examen silencieux achevé, la créature disparut.

— Je me demande ce que ça pouvait être? dit Jacquie.

— Un de ces gentils hiboux-pygmées. Va me chercher une machette, s'il te plaît. Vite!

Je fis rapidement le tour de l'arbre pour m'assurer qu'il n'y avait pas d'autre issue. Puis, prenant la machette des mains de Jacquie, je coupai rapidement une des jeunes branches et enlevai ma chemise.

— Que fais-tu donc?

— Il faut que je bloque le trou jusqu'à ce que je grimpe là-haut, expliquai-je à Jacquie en attachant au bout d'un bâton ma chemise roulée en boule.

M'approchant de l'arbre avec précaution avec mon

mon tampon improvisé, je l'enfonçai brusquement dans l'ouverture.

— Tiens ça en place pendant que je grimpe, dis-je à Jacquie.

Je parvins à me percher sur une branche proche de l'endroit où se trouvait ma chemise. Je glissai ma main dessous avec précaution, puis derrière dans le trou. Je vis avec soulagement que la cavité était peu profonde, et en en faisant le tour je finis par toucher des plumes. J'ouvris brusquement la main et m'emparai du petit corps; il était si minuscule que je me demandai si je ne m'étais pas trompé d'oiseau; mais quand un bec courbé se planta dans mon doigt, je sus que je tenais mon hibou. Je retirai la main de la cavité. Mon captif me fixait de ses yeux dorés et courroucés.

— Je l'ai, ça y est! criai-je triomphalement, et à ce

moment précis la branche sur laquelle j'étais perché craqua et je me retrouvai par terre, sur le dos heureusement, la main tenant en l'air mon butin. Jacquie m'aida à me relever et je lui montrai la mignonne créature.

— C'est un bébé? demanda-t-elle en l'examinant.

— Non, c'est un pygmée.

— Tu veux dire qu'il ne deviendra jamais plus gros? demanda Jacquie incrédule, sans pouvoir détacher ses yeux de la petite boule en fureur, grosse comme un moineau, qui claquait du bec et battait des paupières comme un gros oiseau.

— Oui, il a sa taille définitive. C'est un des plus petits hiboux connus au monde.

Nous le plaçâmes dans une boîte munie d'un panneau grillagé. Soudain, il se dressa de toute sa taille — quatorze centimètres environ, laissa échapper un faible sifflement, puis commença à mettre de l'ordre dans son plumage. Son dos était d'un beau brun chocolat, finement pointillé de gris, et son plastron beige était strié de noir. Le guide semblait tout autant que nous charmé de notre trouvaille et il nous apprit que les gens du pays l'appelaient *quatre yeux*. Je compris la raison de ce curieux nom lorsque l'homme tapota sur la boîte. L'oiseau tourna la tête, et je vis alors, à la base du cou, deux taches grises circulaires qui se détachaient sur le brun des plumes et ressemblaient à des yeux.

Nous étions encore en train d'admirer notre petit hibou quand le guide réapparut, piaffant dans l'eau, et accompagné de son escorte de moustiques. Il avait l'air très excité. Il avait repéré le serpent — à environ quatre cents mètres de là. Le reptile reposait sur les plantes aquatiques près du rivage. Il faudrait le prendre par surprise car il n'était pas loin des arbres où il pourrait aisément se glisser, et une fois dans les broussailles, il serait perdu pour nous. Nous avançâmes jusqu'au point que nous indiqua le guide et renvoyâmes le char. Nous continuions à avancer péniblement. Près du bord, le marais était moins profond et la végétation moins dense, mais le fond était inégal et nos chevaux trébuchaient constamment. Si le serpent décidait brusquement de décamper, la poursuite à cheval serait impossible, et il serait criminel de mettre mon cheval au galop dans le marais. Je devrais donc suivre le reptile à pied, et pour la première fois je me préoccupai de sa taille et je me demandai s'il était aussi grand que l'avait décrit le guide.

Le serpent fut, malheureusement, le premier à nous repérer. Le guide poussa une exclamation soudaine et montra du doigt quelque chose devant nous. A cinquante mètres à peine, dans un trou d'eau claire entouré de deux plaques d'herbes, une ride en forme de V se hâtait vers la forêt. Je priai Dieu que le serpent ne soit pas trop gros et je jetai au guide les rênes de mon cheval. Puis je m'emparai d'un sac et me laissai glisser dans l'eau tiède. Courir dans l'eau lorsqu'elle vous monte jusqu'aux genoux constitue déjà, sous une température clémente, une performance épuisante, mais quand ce sport s'exécute par 40º à l'ombre, c'est bien l'action la plus folle à laquelle puisse se livrer un collectionneur. Me débattant comme un diable, baigné de sueur au point que les moustiques n'arrivaient pas à se poser sur mon visage, je suivis désespérément le reptile qui approchait du sol sec. J'étais à cinq mètres de lui quand il sortit de l'eau. Dans un dernier élan, je trébuchai et m'étalai, la figure dans l'eau. Quand j'en ressortis l'anaconda s'était évaporé. Je proférai un chapelet de jurons et pénétrai dans les herbes hautes où il avait disparu, dans l'espoir de retrouver sa trace. A peine avais-je fait quelques mètres que, dans un buisson, apparut une tête triangulaire à la bouche grande ouverte qui me fit bondir en arrière. L'anaconda était là, ses anneaux brillaient dans l'ombre. Il était évident que le poulet avait un peu pesé dans sa fuite à travers le marais et qu'il éprouvait le besoin de faire une petite halte. Mis au pied du mur, il pouvait difficilement refuser la lutte.

Tout livre sur l'Amérique du Sud comporte un passage où l'auteur se trouve aux prises avec un anaconda. Il n'a jamais moins de vingt à trente mètres, en dépit des statistiques officielles selon lesquelles le plus grand ne dépasse pas dix mètres. Le monstre est toujours l'attaquant, et trois ou quatre pages sont consacrées à une lutte au cours de laquelle l'auteur, d'un coup de revolver, parvient à abattre le reptile; quand celui-ci n'est pas traversé par la flèche d'un fidèle Indien. Acceptant de passer pour un charlatan, ou de jouer les modestes, je décrirai donc ce que fut mon combat avec l'anaconda.

Tout d'abord, pour ce qui est de mon ennemi, le cœur n'y était pas; il n'était pas en forme pour la grande exhibition du combat à la vie à la mort. Il avançait lentement, la bouche ouverte, dans l'espoir, je suppose, de m'effrayer et de me faire fuir, afin de poursuivre en paix sa digestion interrompue. Ayant ainsi fait honneur à sa réputation de férocité et de non-agressivité, il s'enroula sur lui-même au pied du buisson, en sifflant doucement. Je regrettais de n'avoir pas de bâton, mais le buisson le plus proche était encore assez éloigné et je n'osais pas m'éloigner. J'essayai d'agiter mon sac devant lui dans l'espoir qu'en le mordant il se prendrait les dents dans l'étoffe. Cette méthode m'avait réussi à plusieurs reprises. Mais il se contenta de plonger la tête dans ses anneaux et de siffler un peu plus fort. Comprenant que je ne m'en tirerais pas sans une aide extérieure qui distrairait l'attention de l'anaconda, je fis un signe à mon guide, tapi avec les chevaux au milieu du marais. Sans enthousiasme, il se contenta tout d'abord de m'adresser un petit salut de la main, puis voyant que j'étais en difficulté, il arriva à cheval, et l'eau retomba tout autour de lui. Je n'eus que le temps de voir disparaître dans les hautes herbes la queue de ce venimeux anaconda. J'eus la seule réaction qui s'imposait. Je fis un pas en avant, le saisis par la queue et le traînai à découvert.

Si j'avais été l'anaconda, j'aurais immédiatement enroulé mon long corps musclé autour de l'attaquant, mais en l'occurrence il se contenta de se ramasser sur lui-même en sifflant furieusement. Je jetai le sac sur sa tête d'un geste rapide et l'attrapai par le cou. Et le tour fut joué. A part quelques contorsions de la queue et un faible sifflement, il ne posa pas de problème jusqu'à l'arrivée du guide — et en fait les difficultés ne commencèrent qu'avec l'Indien qui n'était pas enthousiaste à l'idée de m'aider. Je me portai garant qu'il ne lui arriverait pas le moindre mal, et il consentit à tenir le sac ouvert pendant que je hissais le reptile et le mettais dedans.

— As-tu réussi à prendre quelques photos? demandai-je à Jacquie en rejoignant le char.

— Je crois... mais j'ai dû filmer à travers un rideau de moustiques. Tu as eu du mal?

— Non. Il s'est mieux comporté que notre guide.

— Il est très gros? Il avait l'air si énorme dans mon viseur que je me demandais si tu pourrais en venir à bout tout seul.

— Il n'est pas terriblement gros. D'une taille normale. Peut-être trois mètres, mais sûrement pas davantage.

Le char et les chevaux repartirent cahin-caha à travers le marais. Le soleil couchant rosissait maintenant les plantes aquatiques. Au-dessus de nos têtes, de grands vols de perroquets traversaient le ciel et emplissaient l'air de leurs cris stridents. Ces cris que poussent tous les perroquets, de par le monde, quand vient l'heure de rejoindre leur abri pour la nuit. Volant en larges formations désordonnées, ils passaient juste au-dessus de nos têtes, puis s'éloignaient en caquetant, tandis que le soleil, noyé dans un voile jaune, s'apprêtait à plonger derrière la masse des nuages. Fatigués, couverts de piqûres, le visage rouge et enflé, nous rentrâmes à la maison vers 8 heures du soir. Une douche et un bon dîner nous remirent d'aplomb. Quant à notre hibou-pigmée, il s'était bien amusé. Il avait donné la chasse à quatre grenouilles bien grasses; bondissant sur elles avec de petits cris de joie, il les avait mangées. L'anaconda, plongé dans une sorte de stupeur à laquelle la digestion n'était pas étrangère, il se laissa mesurer sans la moindre difficulté. Il faisait exactement deux mètres quatre-vingts.

9

SARAH HUGGERSACK

Les perroquets — ces charmants petits amis — étaient les plus bruyants et les plus irrévérencieux de tous nos oiseaux; puis venaient les deux geais à chapeau. Ces oiseaux ressemblent, en plus petits, au geai anglais. Mais là s'arrête la ressemblance, car le geai à chapeau a une longue queue noire et blanche — comme la pie — un dos sombre et velouté et un plastron jaune d'or. Mais le plus extraordinaire, c'est la couleur de sa tête. Près du front, les plumes sont noires, courtes et pelucheuses et se dressent comme des cheveux en brosse. Sur la nuque, ces plumes sont d'une extrême douceur et forment une espèce de calvitie bleuâtre. Au-dessus des yeux espiègles couleur de bronze se dressent d'épais « sourcils » bleu pied-d'alouette, ce qui donne à cet oiseau un air perpétuellement étonné.

Chez le geai, le goût de l'épargne est aussi développé que chez la fourmi de la fable. Tout autre oiseau auquel on donnerait plus de viande qu'il n'en peut manger, se contenterait de l'éparpiller autour de sa cage. Le geai, lui, ramasse soigneusement les petits morceaux qu'il ne mange pas et les met en réserve dans les fentes de sa cage ou dans son bac à eau. Quant à nos deux geais, c'était le bac à eau qui leur semblait la meilleure resserre et rien ne pouvait modifier cette habitude. J'essayai de leur donner deux récipients, l'un pour l'eau et l'autre comme réserve. Enchantés de disposer de deux ustensiles, ils se hâtèrent de diviser leurs petits morceaux en deux tas et utilisèrent les deux pots. Ils stockaient également les cacahuètes dont ils raffolaient. La moindre fente, le moindre trou dans leur cage constituait une resserre idéale pour ces friandises ; mais les noix ne pouvaient y entrer ; ils les ramassaient une à une et bondissaient sur leur perchoir ; les tenant entre leurs pattes, ils parvenaient à les briser à coups de bec. Puis ils vérifiaient que les petits morceaux entraient, et s'ils étaient trop gros, ils les ramenaient à la dimension voulue. Avec les cacahuètes, l'opération était identique, à la différence qu'une fois dépouillées, elles étaient plongées inévitablement dans les pots à eau — ce qui offrait l'avantage de les ramollir et de les rendre plus faciles à manger.

Leur caquetage était ininterrompu. Heureusement, il se poursuivait en sourdine. C'est ainsi que, installés sur leurs perchoirs, l'un en face de l'autre, les sourcils dressés, ils bavardaient interminablement, mêlant les sons rauques aux sifflets et aux trilles dans une incroyable diversité d'expressions. Doués d'une étonnante faculté d'imitation, ils avaient ajouté à leur répertoire, en l'espace de quelques jours, l'aboiement, le cri de triomphe de la poule qui vient de pondre et le cocorico. Ils reproduisaient même les sons étranges de Pooh, le bébé crabier et le bruit métallique du marteau de Julius César Centurian.

A entendre leur musique après le repas du matin, on n'eût jamais imaginé qu'ils n'étaient que deux, tant leur production était variée. Peu de jours après leur arrivée parmi nous, ils savaient reproduire les bruits de tous leurs compagnons-animaux et ils commençaient à s'en enorgueillir. Mais l'arrivée de Sarah Huggersack leur posa un problème qu'ils furent bien incapables de résoudre.

Paula nous apporta un jour un plateau d'un pas pressé qui ne lui était pas habituel. Dans son agitation, elle manqua m'asperger de soupe brûlante; elle voulait savoir si je pouvais aller à la cuisine voir un petit Indien porteur d'un *bicho*. L'animal était dans un sac et elle ignorait de quel *bicho* il s'agissait; elle savait seulement qu'il avait l'air gros et féroce, car il déchirait le sac, et elle avait peur. Je trouvai, assis par terre, un jeune garçon qui mâchonnait un brin de paille; le sac s'agitait et il en sortait des reniflements intermittents. Une chose me troublait : la griffe recourbée qui sortait de l'étoffe et qui semblait appartenir à un animal trop gros pour tenir dans le sac. Le garçonnet me sourit et secoua ses longs cheveux plats, noirs comme la suie.

— *Bueno dias, senor.*

— *Bueno dias. Tiene un bicho?* demandai-je en montrant le sac.

— *Si, senor, un bicho muy lindo,* se hâta-t-il de répondre.

Songeant à la griffe que j'avais aperçue, je demandai :

— *Es bravo?*

— Non, non, senor, dit-il en riant, *es manso, es chiquito, muy manso.*

J'étais bien placé pour savoir qu'un bébé animal n'était pas nécessairement inoffensif; mais mon espagnol ne me permettait pas d'expliquer au garçon que les plus affreuses cicatrices qui lacéraient mes mains provenaient de jeunes créatures apparemment incapables de faire du mal à un cancrelat. Tout en essayant de me remémorer où se trouvait la pommade à la pénicilline, j'attrapai le sac et l'ouvris. Rien n'en sortit. Soudain, apparut entre les plis du sac un museau étrange au bout d'une longue tête ornée de deux oreilles admirables, et, enfouis dans une fourrure cendrée, deux petits yeux troubles comme des groseilles humides. Il y eut une autre pause, puis la minuscule bouche pincée s'ouvrit, révélant une langue extraordinaire, qui pouvait bien avoir vingt centimètres de long. La langue disparut et la bouche s'ouvrit de nouveau pour laisser sortir un son qui échappe à toute description — quelque chose entre le grognement du chien et le beuglement du veau — avec une réminiscence de sirène enrouée. C'était un cri si sonore que Jacquie accourut, ahurie. Entre-temps, la tête était rentrée dans le sac, à l'exception du museau.

— Qu'est-ce que c'est que ça? demanda Jacquie, le sourcil froncé.

— Ça, dis-je gaiement, c'est l'extrémité du museau d'un bébé tamanoir.

— C'est lui qui a fait cet horrible bruit?

— Eh oui! Il me saluait à la façon des tamanoirs.

Jacquie poussa un soupir :

— Comme si nous n'étions pas déjà assez assourdis tout au long du jour par les geais et les perroquets; il a fallu que tu leur adjoignes un basson.

— Tu verras qu'il se tiendra tranquille dès qu'il aura pris ses habitudes, dis-je pour la rassurer.

En réponse à cela, la créature sortit la tête du sac et nous gratifia d'un autre solo.

Je jetai un coup d'œil à l'intérieur du sac et fus ahuri par la taille de son occupant — tant elle était disproportionnée avec sa puissance vocale; depuis la pointe du museau jusqu'à l'extrémité de la queue, elle ne dépassait pas quatre-vingts centimètres.

— Mais il est minuscule, dis-je, il n'a pas plus d'une semaine.

Jacquie plongea à son tour son regard dans le sac et resta pâmée d'admiration.

— Elle est adorable! s'exclama-t-elle, décidant que nous avions là une femelle. Pauvre petite... Occupe-toi de payer l'Indien, moi, j'emporte le sac à l'intérieur.

Et elle l'emporta dans la maison tandis que je discutais avec le jeune garçon.

Puis je rentrai à mon tour et m'empressai de sortir notre animal de sa prison; mais les griffes qui s'accrochaient dans la toile ne facilitaient pas la besogne, et sans l'aide de Jacquie, je ne crois pas que j'en serais venu à bout. C'était mon premier bébé tamanoir, et ce fut un ravissement de découvrir qu'il était, en tous points, la réplique en miniature de l'adulte — à la seule différence que sa fourrure était courte, et que, au lieu d'une longue crinière, il n'avait sur le dos qu'une arrête de poils durs. Sa queue était triste comme une lame de couteau et légèrement poilue ; elle ne laissait pas deviner le riche panache qu'elle devait devenir. Je fus navré de voir qu'à la patte gauche, la griffe du milieu avait été arrachée et ne tenait plus que par un fil. Nous dûmes l'enlever et désinfecter le doigt. Ces soins ne parurent pas déranger la petite bête ; gentiment installée sur mes genoux, elle s'amusait à agripper la jambe de mon pantalon avec la griffe de son autre patte. J'étais convaincu que cette griffe médiane ne repousserait jamais, ce en quoi je me trompais.

Elle paraissait étonnamment confiante ; presque audacieuse quand, dans son sac, je la posai sur mes genoux ; mais une fois sur le sol, elle se mit à tourner en rond, d'une démarche mal assurée, en beuglant sauvagement jusqu'au moment où elle rencontra la jambe de Jacquie et s'y accrocha toute heureuse, dans l'espoir d'y grimper. Mais de nouveau elle prit ses griffes dans l'étoffe du pantalon et ce ne fut pas une mince affaire que de l'en détacher. Pendant tout ce temps elle s'était collée à mon bras comme une sangsue, bien décidée à l'escalader, et bientôt elle fut sur mes épaules où elle s'installa, son museau d'un côté de ma figure, sa queue de l'autre. J'avais l'air d'avoir un renard autour du cou. Pour ne pas glisser, elle se retenait en plantant ses robustes griffes dans mon dos et à chacune de nos tentatives pour la déloger de ce perchoir, elle poussait des grondements indignés et s'agrippait encore plus fortement. J'essayai de la supporter ainsi pendant tout le déjeuner; elle sommeillait par intermittence et j'évitais les gestes brusques, de peur que, réveillée brusquement, elle ne s'accroche plus douloureusement à moi. La situation se compliqua encore du fait que Paula se refusa à entrer dans la pièce. Or, je n'étais pas en état de discuter : une des griffes, près de mon cou, aurait pu se planter dans une veine. Une fois le repas achevé, nous reprîmes calmement l'opération qui consistait à détacher le tamanoir de ma personne, mais ce fut sans succès. Dès que Jacquie avait réussi à décrocher une patte, les griffes de l'autre regagnaient le terrain perdu. Soudain, une idée me vint et je dis à Jacquie :

— Chérie, apporte un sac plein d'herbe et quand tu auras détaché les griffes d'une patte, laisse-la attraper le sac.

A mon grand soulagement cela réussit. Le sac fut posé sur le sol, et l'animal s'y accrocha avec délice.

— Comment allons-nous l'appeler? demandai-je à Jacquie qui pansait mes plaies.

— Que penserais-tu de Sarah? Elle ressemble à une Sarah que je connais. Elle sera Sarah Huggersack.

Ainsi Sarah, personnalité charmante — une des plus attachantes que j'aie jamais rencontrée — entra dans notre vie. Sarah n'était pas le premier tamanoir que je connaissais; j'en avais déjà capturé au cours d'un voyage en Guinée anglaise, mais je dois dire que ces animaux ne m'avaient pas paru doués d'une

182

intelligence exceptionnellement brillante. Avec Sarah, je devais changer mon point de vue.

Tout d'abord — alors que ceux de sa race n'émettent jamais plus qu'un faible sifflement — Sarah n'hésitait pas à se servir de sa voix pour protester quand les choses n'allaient pas comme elle voulait. Si sa nourriture tardait à venir ou si on refusait de la cajoler quand elle en exprimait le besoin — elle vous avait à l'usure grâce à la puissance de sa voix. J'aurais été incapable de résister au désir de la garder, mais j'avais quelques scrupules à m'être laissé tenter, car les tamanoirs ont un régime très spécial à l'état sauvage, et ils sont, pour cette raison, difficiles à élever en captivité. Je ne me faisais pas d'illusions sur ce que serait le problème d'élever au biberon un animal d'une semaine. Dès le début, nous eûmes des ennuis avec les tétines qui étaient trop grosses pour tenir dans sa bouche minuscule. Paula parcourut tout le village et revint avec une tétine; elle était de la même taille que la nôtre, mais avec l'usage, le caoutchouc en était devenu plus souple et tout de suite Sarah l'adopta. En fait, elle l'aima tellement que lorsque nous fûmes en mesure de lui en présenter tout un assortiment, ce fut à la vieille qu'elle revenait toujours obstinément. Elle l'avait tellement sucée, et avec tant d'ardeur, que de rose, elle était devenue blanche, et si ramollie qu'elle ne tenait plus sur le biberon; le trou s'était agrandi à un tel point qu'au lieu de laisser passer un filet de lait, c'était un véritable ruisseau qui descendait le long de la gorge de Sarah.

J'étais particulièrement enchanté de l'avoir eue

toute jeune et d'assister à son évolution. Cela m'apprit beaucoup de choses sur l'espèce. Entre autres exemples, l'utilisation des griffes. Les pattes avant du tamanoir sont faites de sorte que l'animal marche sur ses articulations, les deux longues griffes pointant vers l'intérieur et vers le haut. Ces griffes servent avant tout à éventrer les nids de fourmis, pour permettre à l'animal de se nourrir. Elles servent aussi, chez les adultes, à peigner leur fourrure. Dans le cas de Sarah, tout au début de sa vie, elle ne les utilisait que pour agripper. Car chez les tamanoirs, la femelle porte ses petits perchés sur son dos. Quand un adulte replie ses griffes en arrière, contre ses paumes, il grimpe avec une force considérable. Or, comme je l'ai expliqué précédemment, si le support auquel est accroché le tamanoir bouge le moins du monde, l'animal resserre sa prise — et pour la femelle, qui porte sa progéniture sur le dos, cela doit être extrêmement pénible.

Les griffes de Sarah lui étaient très utiles pour s'alimenter. Périodiquement, toutes les quinze secondes environ, elle se servait d'une de ses griffes pour presser la tétine. Je craignais qu'elle ne la perce, mais rien ne pouvait la guérir de cette manie. J'imaginais les assauts douloureux auxquels était exposée, à l'heure des repas, la femelle tamanoir avec ses petits sur le dos. Je donnerai une idée de ce qu'était la pince de Sarah, en disant que si elle s'emparait dans la paume de sa patte avant d'une boîte d'allumettes placée sur le champ, et qu'elle la serrait un peu, sa griffe traversait la boîte. Si elle appuyait un peu plus, elle l'écrasait.

Avec un petit animal sauvage, la première semaine

est toujours inquiétante, car on ne sait jamais si le lait qu'on lui donne lui conviendra. On doit alors faire face au problème de ses fonctions intestinales, et aux modifications de nourriture à apporter en conséquence. Au cours de la première semaine, Sarah faillit nous faire perdre la raison. L'inexistence de ses résidus, leur consistance, me donnaient à penser que le lait n'était peut-être pas assez riche et j'en augmentai le contenu en vitamines; cela ne fit aucune différence. Je tentai alors de la nourrir plusieurs fois par jour, mais cette mesure ne changea rien. Sa constipation pouvait résulter d'un manque d'exercice physique (or, sur le dos de sa mère, elle n'en aurait pas eu davantage); nous entreprîmes donc, Jacquie et moi, de marcher de long en large pendant une demi-heure, à pas lents, suivis de Sarah qui trompettait de façon indignée et essayait de grimper le long de nos jambes. La marche, que d'ailleurs elle n'appréciait pas, n'eut aucun effet et nous décidâmes de tout arrêter. Ravie, elle passait désormais ses journées couchée dans sa cage à jouer avec un sac de paille et à somnoler avec un ventre de plus en plus énorme. Puis l'événement attendu se produisait, et pendant quelques heures elle retrouvait sa ligne. En fait, ce genre d'ennui était peut-être commun aux bébés tamanoirs, car dès qu'elle fut un peu plus âgée elle accepta de dormir sans son sac, et ses fonctions devinrent normales.

Je crois n'avoir jamais vu d'animaux aimer à ce point donner et recevoir des caresses. Si je la prenais contre moi, elle se détendait et ne s'agrippait plus avec la même force; mais sa grande joie était encore de se percher sur mes épaules qu'elle essayait d'atteindre en progressant degré par degré, persuadée que je ne m'en apercevais pas. Tout au début de sa vie parmi nous, dès que nous la posions par terre, elle hurlait comme un enfant perdu; quand nous la prenions, nous sentions son cœur battre à se rompre, et elle s'accrochait à nous comme une désespérée. Elle acceptait de se retrouver par terre à condition de nous sentir tout près.

Lorsqu'elle atteignit un mois, elle ne paniqua plus de la même façon, mais elle avait besoin de la présence toute proche de Jacquie. Sa vue, comme celle de tous les tamanoirs, était défectueuse et à un mètre cinquante de vous, elle ne vous voyait plus; elle ne vous identifiait alors que par l'odeur ou par la voix, si vous l'appeliez. Si vous restiez immobile et silencieux elle partait à votre recherche en reniflant dans toutes les directions.

Elle devenait moins peureuse à mesure qu'elle grandissait. Fini le temps où on la retirait de sa cage pour l'alimenter, couchée sur son sac. Maintenant, à peine la porte de la cage ouverte, elle sortait comme une tornade; l'excitation lui coupait le souffle et elle se précipitait sur la bouteille — comme si elle était à jeun depuis une semaine. Cependant, c'était le soir après le dîner qu'elle était la plus brillante. Lorsqu'elle avait l'estomac plein et saillant comme un ballon poilu, nous la mettions en condition en lui tirant la queue pour un de ces matches de boxe qu'elle adorait. Elle nous fixait tout d'abord par-dessus l'épaule à la manière d'un myope, et élevait lentement une patte avant au-dessus de sa tête; puis, dans un mouvement incroyablement rapide, elle pivotait et essayait de vous donner une taloche. Si vous faisiez mine de l'ignorer, sa tactique consistait alors à passer devant vous à plusieurs reprises, d'un air préoccupé, en vous caressant de sa queue comme pour vous provoquer. Si vous l'attrapiez, elle modifiait son jeu; pivotant debout sur ses pattes arrière, les bras au-dessus de la tête, en position de plongeon, elle tombait en avant dans l'espoir que vous mettriez la main dessous pour la recevoir. Le jeu se prolongeait un certain temps jusqu'au moment où elle avait dépensé son trop-plein d'énergie; elle passait alors à un autre genre d'exercice. Il s'agissait de la coucher sur le dos en lui chatouillant les côtes tandis que, l'air extasié, elle promenait ses longues griffes sur son ventre pour le caresser. Quand nous en avions assez, nous la proclamions vainqueur, en la tenant sous les bras, et elle levait les deux pattes, griffes croisées dans le style classique du champion. Ces soirées étaient devenues pour elle une telle source de plaisir que si pour une raison quelconque, nous devions les annuler, Sarah nous boudait toute la journée suivante.

Nous lui accordions tant de temps que les autres animaux : Cai, Foxey et Pooh étaient un peu jaloux. Un jour qu'elle rôdait dans le camp, elle s'aventura vers le coin où Pooh était attaché. Cai et Foxey épiaient sa marche vers ce qu'ils espéraient être la plus grande frayeur de son existence. Pooh, solidement installé sur son arrière-train comme un Bouddha, promenait sa patte rose sur son estomac; il regardait d'un œil pensif Sarah approcher. Animé d'un sentiment bassement sournois, il attendit qu'elle passe à sa hauteur, et se pencha en avant pour essayer de lui mordre la queue. Elle prit l'air stupide sous l'effet de la surprise et resta sans réaction ; mais nos petits jeux du soir m'avaient appris ce dont elle était capable. Elle recula en pivotant et lui assena un coup sur la tête avec la force et la précision d'un champion. Ahuri, Pooh se retira dans sa niche en grondant. Mais Sarah, déchaînée, n'était pas décidée à en rester là ; le poil dressé, elle se retourna, le museau en l'air, pour voir où Pooh avait bien pu disparaître. Ayant repéré la niche, elle se prépara à lui donner l'assaut tandis que Pooh se faisait tout petit à l'intérieur. Cai, du sommet de son poste d'observation, affectait un air indifférent et se racontait une histoire. Mais Sarah, loin d'être calmée, l'aperçut sur son piquet et décida de lui donner aussi une leçon. Elle s'accrocha au piquet qu'elle frappa à plusieurs reprises. Celui-ci vacilla dangereusement et Cai cria à l'aide, du sommet de son mât, incliné maintenant à un angle inquiétant. Elle était au bord de la crise de nerfs. Sarah considéra donc qu'elle avait la victoire et elle reprit sa promenade. Quant aux compères, ils n'étaient pas près de la provoquer de sitôt.

Parmi les oiseaux non plus, elle ne paraissait pas jouir d'une grande popularité. Cette antipathie était sans doute due à son long museau effilé à la manière d'une tête de serpent. Je fis cette déduction le jour où, entendant un terrible remue-ménage dans le secteur des oiseaux, j'étais allé voir ce qui se passait. Sarah

s'était échappée de sa cage et glissait son long museau à travers le grillage d'une des cages à oiseaux ; ceux-ci, loin de comprendre qu'il s'agissait d'une visite amicale, s'agitaient en poussant des cris perçants. Je l'appelai. Dès qu'elle m'entendit, Sarah cessa de s'intéresser aux occupants de la cage et accourut de sa démarche de guingois ; elle grimpa le long de ma jambe jusqu'à ma ceinture où elle se blottit avec un soupir de bonheur.

Les grandes pluies d'hiver commencèrent dans le Chaco quelques semaines après l'arrivée de Sarah parmi nous. Il était temps de commencer à songer au retour — et au millier de kilomètres à parcourir pour regagner Buenos Aires et notre bateau. Une grande partie de notre programme restait encore à réaliser. C'était le tournage de tous nos animaux. Je l'avais retardé exprès jusqu'à la dernière minute, dans l'espoir que nous aurions une troupe de stars plus importante. Dans mon esprit, les trois dernières semaines de notre séjour au Chaco devaient être consacrées à ce travail. Après quoi, nous devions gagner Asuncion en descendant la rivière. Mais l'homme propose... et les circonstances disposent.

Un matin, Paula arriva avec le thé ; elle était dans un tel état d'excitation et s'exprimait d'une manière si incohérente qu'il me fallut quelques minutes pour comprendre ce dont il s'agissait. Quand j'y parvins enfin, je me mis à rire.

Jacquie, les yeux mi-ouverts, me demanda ce qui m'amusait.

— Tu n'as pas entendu?... D'après Paula, il y

aurait une révolution au Paraguay, répondis-je en riant.

— Non? C'est vrai? dit Jacquie du même ton amusé. Disons que le Paraguay essaye d'être à la hauteur de sa réputation.

— Ce qui m'étonne, c'est que quelqu'un sache encore quel gouvernement est en place, avec la cadence à laquelle ils se succèdent, ajoutai-je du ton jovial et inconscient de quelqu'un qui appartient à un pays où ce genre d'événements ne se produit pas.

— Je suppose qu'en ce qui nous concerne, cela ne peut nous affecter en aucune façon? Qu'en penses-tu? s'enquit Jacquie d'un air songeur en buvant son thé.

— Grand Dieu! Bien sûr que non! Dans quelques heures tout sera terminé... Tu sais bien comment les choses se passent dans ce pays. Les révolutions là-bas remplacent les matches de football... C'est le sport national... De toute façon, je descends et je vais voir si la station de radio sait quelque chose.

Puerto Casado s'enorgueillissait de posséder une minuscule station qui la reliait à la capitale. On l'utilisait également pour transmettre la liste de ce dont on avait besoin, et Asuncion l'expédiait par le bateau suivant.

— Je ne serais pas surpris, dis-je en quittant Jacquie, d'apprendre que tout est déjà rentré dans l'ordre.

Comme j'aurais souhaité ne pas me tromper!

10

SERPENTS A SONNETTE
ET RÉVOLUTION

Toujours de bonne humeur, je me présentai à la station de radio et demandai à l'opérateur quelle équipe avait remporté le match. L'œil enflammé, gesticulant, il me fit part des dernières nouvelles. Du coup, je n'eus plus envie de plaisanter : on se battait dans les rues d'Asuncion. Les combats étaient concentrés autour du quartier général de la police et du collège militaire, où les forces gouvernementales étaient assiégées par les rebelles. Chose plus grave, ces derniers contrôlaient l'aéroport et, par un sabotage organisé, ils clouaient tous les avions au sol. Mais là où la situation me toucha soudain personnellement, ce fut quand j'appris que les rebelles s'étaient assurés également un autre contrôle : celui du trafic sur la rivière; aucun bateau d'aucune sorte ne pourrait circuler jusqu'à la fin de la révolution. Cette dernière information me laissa effondré. La rivière était pour nous la seule voie pour emmener toute notre collection d'animaux à Buenos Aires. L'opérateur me porta le coup final en m'annonçant qu'Asuncion ne répondait plus.

Plutôt déprimé, je regagnai la maison et rapportai les nouvelles à Jacquie. La situation était de celles auxquelles nous ne pouvions faire face. Faisant abstraction du reste, nos passeports et notre argent se trouvaient à Asuncion, et sans eux, nous ne pouvions rien faire. Assis devant une tasse de thé, nous passâmes en revue les différents aspects de la situation. Paula nous prodiguait consolations et sympathie. Elle intervenait parfois pour glisser une remarque qui, partant d'un bon sentiment, achevait de nous déprimer. Si je cédais un instant à l'optimisme et suggérais que d'ici quelques jours le gouvernement ou les rebelles auraient gain de cause — ce qui arrangerait tout — Paula répliquait fièrement que ce genre de révolution n'était pas dans la tradition du Paraguay ; la dernière, en fait, avait duré six mois. Il n'était pas impossible, ajoutait-elle aimablement, que nous soyons contraints de passer six mois dans le Chaco, ce qui serait d'ailleurs une occasion inespérée d'accroître notre collection. J'essayais de rester sourd à ces histoires, et me risquai à dire que si les combats cessaient, tout rentrerait dans l'ordre rapidement. Nous pourrions alors prendre un bateau pour Buenos Aires. Paula interrompit mes divagations en déclarant que cela lui paraissait très improbable. Lors de la dernière révolution, et sans doute pour de bonnes raisons, les rebelles avaient envoyé par le fond tous les bateaux assurant le service régulier sur la rivière — désorganisant ainsi leurs propres forces et celles du gouvernement.

Gagné par son pessimisme et envisageant le pire, je déclarai qu'il restait la possibilité de traverser la rivière pour gagner le Brésil et, de là, la côte. Jacquie objecta qu'elle ne nous voyait pas bien nous lancer dans un voyage à travers le Brésil sans passeport et sans argent. Là, Paula intervint de nouveau et nous apprit que, durant la *dernière* révolution, le Brésil avait fait garder ses côtes afin d'empêcher les rebelles de fuir. Et si nous essayions de traverser la rivière, ajouta-t-elle d'un ton sinistre, les Brésiliens pourraient fort bien nous prendre pour des chefs révolutionnaires en fuite. Exaspéré, je ripostai qu'on imaginait assez mal le leader d'une révolution fuyant discrètement avec une femme, un bébé tamanoir, quelques douzaines d'oiseaux, plus des serpents et des mammifères — sans parler de tout un équipement de magnétophones et de caméras; mais Paula, jamais à court d'arguments, déclara que la majorité des Brésiliens n'étaient pas *simpaticos* et que l'aspect inoffensif de notre suite ne jouerait pas forcément en notre faveur.

Puis Jacquie eut une idée, que je qualifierais de géniale. Elle se souvint d'un Américain qui possédait un ranch sur la rivière à quelque cinquante kilomètres de là. Grand, laconique — une espèce de Gary Cooper — il était venu un jour nous rendre visite et avait insisté pour que nous l'appelions par radio, si nous avions la moindre difficulté. Il habitait le Paraguay depuis plusieurs années, et son opinion pouvait nous être d'un grand secours. Je me précipitai à la station une fois de plus, et persuadai l'opérateur de me mettre en liaison avec le ranch.

Une voix douce et traînante, un peu déformée par les parasites, parvint du haut-parleur. Je lui expliquai sans détour pourquoi je le dérangeais et lui demandai son avis. Sa réponse fut simple et directe : quittez le pays aussitôt que possible.

— Mais comment? m'écriai-je. Il n'y a plus de transport par la rivière! Comment voulez-vous que j'emmène mes animaux?

— Mon pauvre ami, il faudra renoncer à les faire voyager avec vous... Il n'y a pas d'autre solution.

— A supposer que je les laisse, dis-je, le cœur gros, comment partirons-nous d'ici?

— J'ai un avion... un tout petit joujou; dès que la situation me paraîtra possible, je l'enverrai pour vous cueillir. Vous savez, il y a toujours des accalmies dans ces révolutions... on parlemente... et j'ai l'impression que les pourparlers ne vont pas tarder. Alors tenez-vous prêts à partir; j'essayerai de vous avertir, mais je ne suis pas sûr d'être en mesure de le faire.

— Merci... sincèrement, répondis-je.

— Okay... ne me remerciez pas... et bon voyage, dit la voix avant de disparaître dans un grésillement.

Hébété, je remerciai l'opérateur et regagnai la maison. J'étais terriblement abattu. J'avais peiné pendant tant de mois pour réunir une collection si variée et j'allais devoir l'abandonner parce qu'un inconnu avait décidé de devenir président du Paraguay. C'était un véritable crève-cœur.

Je transmis à Jacquie ce que je venais d'apprendre de l'Américain; aussi atterrée que moi, elle partageait mon opinion sur les révolutions. Bien que cela ne serve à rien, nous ne pûmes nous empêcher de fulminer contre les leaders et leurs ambitions.

— Eh bien, dit Jacquie en guise de conclusion, il faut maintenant décider de quels animaux tu veux te séparer...

— De tous, selon lui, répliquai-je.

— Tu n'y penses pas, protesta Jacquie. Il ne peut être question de les remettre *tous* en liberté. Il y en a qui ne résisteraient pas deux minutes. Quitte à renoncer à tous nos effets personnels, il faudra en emmener le plus possible.

— Mais réfléchis, Jacquie... c'est un petit avion, et même en voyageant presque nus, il ne sera pas possible de prendre plus de deux ou trois petites choses.

— Ce sera toujours mieux que rien.

— Comme tu voudras, dis-je en soupirant. Mais on en revient toujours à cette question : lesquels emmènerons-nous avec nous?

Le choix était douloureux.

— De toute façon, on ne peut pas laisser Sarah, finit par dire Jacquie. Ce n'est qu'un bébé, elle serait incapable de survivre.

— Je suis d'accord... il faut l'emmener. L'ennui, c'est qu'elle est lourde.

— Puis, il y a Cai, poursuivit Jacquie, et Pooh, pauvre petit Pooh. Ils sont maintenant si apprivoisés tous les deux qu'ils se jetteront sur la première personne venue, et elle les tuera sûrement.

— Il faut que je ramène deux tatous-oranges. Ils sont tellement rares. Et les crapauds cornus... On ne peut pas les laisser.

— Et qu'est-ce que tu fais des coucous et des geais?

Eux non plus, on ne peut pas les rejeter dans la nature... Ce sont des oiseaux trop apprivoisés.

— Une minute, Jacquie, dis-je, en reprenant soudain le sens des réalités... Si on continue ainsi, c'est toute la collection qu'on emmène et avec l'avion que nous avons...

— Mais ce petit échantillonnage ne pèsera pas beaucoup, répliqua Jacquie, cherchant à me convaincre. Tu pourrais peut-être construire quelques cages plus légères, juste pour le voyage? Tu ne crois pas?

— Je pourrais en fabriquer tout en grillage.

La pensée de ramener avec nous quelques spécimens nous ayant mis un peu de baume au cœur, nous nous attelâmes aux préparatifs. Jacquie s'affairait à emballer nos biens en les répartissant en deux groupes : ceux que nous devions emporter à tout prix : magnétophones, films, etc., et ceux que, le cas échéant, nous pouvions abandonner. Pendant ce temps, armé de cisailles, d'un rouleau de fil métallique et de grillage très fin, je m'attaquai à la construction d'une cage légère, assez robuste cependant pour arriver jusqu'à Buenos Aires. La tâche n'était pas facile car il s'agissait de galber le grillage puis de le « coudre » avec du fil métallique, en prenant soin de recourber toutes les pointes qui dépassaient. Au bout de deux heures j'avais confectionné une cage pour Sarah, mais mes mains étaient en sang et quand Jacquie arriva avec une tasse de thé, elle fut la bienvenue.

— Comment t'en tires-tu? demanda-t-elle.

— Pas mal, répondis-je, oubliant mes doigts écorchés. J'ai l'impression d'avoir passé ma jeunesse au pénitencier.

Je poursuivis ma production. Dès qu'une cage était terminée Jacquie l'habillait extérieurement d'une toile à sac qu'elle cousait avec une grosse aiguille à repriser. A 10 heures du soir, nous avions de quoi loger tous nos animaux. J'avais réalisé quelque chose de léger, de chaud grâce à l'habillage et d'assez résistant pour supporter le voyage; bien sûr, les animaux n'y seraient pas très à l'aise, mais c'était une question de vingt-quatre heures. La plus lourde était celle de Pooh : étant donné son habileté à sortir de sa cage, j'avais dû utiliser du bois. Fatigués et déprimés, nous ne fûmes pas longs à nous mettre au lit.

— Je commencerai dès demain à libérer les animaux, dis-je en éteignant la lumière. Ce sera la plus dure de toutes mes tâches.

Le lendemain, ne pouvant m'y résoudre, je remis cette besogne à plus tard. Mais il fallut bien l'entreprendre. Le butor fut relâché le premier; son aile avait retrouvé toute sa force et je savais que son mauvais caractère serait une arme pour se défendre. Je le sortis de sa cage, sans écouter ses protestations, et l'emportai au bord du petit étang. Là, je l'installai sur un arbre d'où il pourrait prendre son vol. Il resta sur une branche à tituber et à pousser de grands cris de surprise. Puis ce fut le tour de l'ibis, Dracula. Il gazouillait gaiement tandis que je le portais, mais quand je le déposai dans les hautes herbes et qu'il me vit m'éloigner, il fut gagné par la panique et courut derrière moi avec de grands cris. Je le reportai au bord de l'étang et me sauvai malgré ses cris.

Perroquets et perruches ne furent pas faciles à persuader. Ils refusaient de quitter leur cage ; quand je parvins enfin à les en faire sortir, ils allèrent se percher sur un arbre voisin, bien décidés à rester et lancèrent des cris aigus. Soudain, derrière moi, une trille triomphante me fit me retourner. Dracula avait fait demi-tour et revenait au camp à toutes jambes. Comme je le ramenais à l'étang, j'aperçus le butor qui, volant d'arbre en arbre, se dirigeait, lui aussi, vers le camp qu'il semblait bien décidé à retrouver. Ce fut de nouveau la corvée de le relancer dans la nature. Puis je m'attaquai aux gros oiseaux, les seriemas. Mais dans ma tristesse, j'avais lâché ensemble les deux espèces de seriemas, et je m'en aperçus lorsque je me retrouvai au milieu d'une terrible bataille ; j'étais assourdi par les cris perçants et les plumes volaient autour de moi. Je les séparai avec un balai et parvins à les déposer dans des lieux éloignés. Bouleversé par ce travail déjà si pénible, que mes pensionnaires rendaient plus difficile encore, j'aperçus soudain tous mes perroquets. Ils étaient descendus de leur arbre, et se tenaient en rang sur le toit de leurs cages. L'œil pensif, ils attendaient visiblement que je leur ouvre la porte.

Épuisé, le cœur plein de tristesse, je décidai de les ignorer et je m'occupai des mammifères et des reptiles. Je déversai la totalité des tatous dans les buissons en n'en gardant qu'un couple. Quant aux autres espèces, je les disposai en cercle autour du camp, le nez en direction de l'espace et de la liberté, dans l'espoir

qu'ils sauraient en faire usage. Les reptiles, Dieu merci, ne me donnèrent aucune peine; ne montrant aucun désarroi à l'idée de me quitter, ils s'éclipsèrent rapidement en direction du marais. Le cœur serré, mais conscient de m'en être tiré au mieux (du point de vue des animaux, j'entends), je rentrai déjeuner.

Inutile de dire que le repas ne fut pas gai. Aussitôt
après, nous retournâmes finir nos préparatifs. Une
scène se déroulait entre Dracula et l'ibis à face noire,
et nous aurions beaucoup ri si l'atmosphère n'avait été
aussi déprimante. Tous deux se chamaillaient autour
d'un morceau de graisse animale mis de côté par

Pooh. A proximité des pots à nettoyer, les tatous rayés fonçaient comme des boulets de canon pour fourrager dans la terre. Autour de leur cage vide, les seriemas faisaient les cent pas, et Flap-Arse allait et venait comme un instituteur dont la classe aurait fait l'école buissonnière. Comme s'ils gardaient l'espoir que les choses allaient s'arranger, les perroquets m'attendaient toujours, perchés sur le toit de leurs cages. Seuls deux d'entre eux avaient perdu patience, et décidé d'agir; rognant et tiraillant le grillage de leur cage, ils avaient réussi à y pénétrer. Ayant retrouvé leur perchoir, ils nous regardaient d'un air affamé en poussant ces grognements rauques et entrecoupés dont usent les perroquets d'Amazonie pour exprimer leur fureur. Nous nous assîmes sur une caisse, Jacquie et moi, en proie à l'impuissance.

— Qu'allons-nous faire d'*eux?* finit-elle par demander.

— Je n'en ai pas la moindre idée. Il n'est pas possible de les laisser errer... ils seront tués dès que nous aurons le dos tourné.

— As-tu essayé de les chasser?

— A part les coups sur la tête (si c'est à ça que tu songes), j'ai tout essayé. C'est bien simple, ils ne veulent pas partir.

Dracula avait abandonné le match et laissé le butor et l'ibis se disputer le morceau de gras. Il luttait désespérément pour regagner sa cage et essayait de passer à travers le grillage où un oiseau-mouche se serait glissé difficilement.

— Comme j'aimerais que certaines personnes puissent être témoins de cela, dis-je attristé.

— De qui veux-tu parler?

— De tous les sentimentaux qui trouvent cruel de mettre les animaux sauvages en cage. J'aimerais qu'ils voient la joie qu'ils ont à nous quitter quand l'occasion leur est donnée d'aller retrouver leur brousse.

Un des seriemas s'avança pour picorer mon lacet de soulier, qu'il avait dû prendre pour un grand ver de terre. Dracula, ayant enfin compris qu'il ne pouvait pénétrer dans sa cage, s'était rabattu sur celle de l'ibis, plus accessible avec ses barreaux de bois, d'où il nous épiait de ses yeux embués, en se racontant des histoires.

De plus en plus déprimé, je finis par dire :

— Je suppose que si nous les laissons jeûner jusqu'à demain la faim les poussera à aller chercher leur nourriture ailleurs... et le problème sera résolu.

Le reste de la journée fut un vrai cauchemar. C'était affreux de nourrir ceux que nous avions décidé de garder, en restant sourds à tous les autres qui, chacun à sa manière, réclamaient à manger et se précipitaient dans nos jambes, ou encore s'alignaient sur la mangeoire dès qu'ils nous voyaient avec un plat à la main. Il fallait vraiment refermer son cœur pour ne pas les nourrir. Cela n'était possible qu'en nous répétant que le lendemain la faim les renverrait dans la nature.

Mais au matin, ils étaient encore là, à attendre, plus passifs et plus abattus que la veille. Ils nous saluèrent toutefois avec la même expression joyeuse, et cela était si accablant que je faillis renoncer. Je devais prendre garde de ne pas les piétiner tant ils s'accrochaient à moi, et en même temps affecter de les ignorer. C'est à ce moment-là qu'un jeune Indien arriva au camp, portant une vieille caisse. Il la posa respectueusement à terre, recula et trébucha sur un animal qui venait à passer par là; reprenant ses esprits, il enleva son chapeau.

— *Buenos dias,* senor, j'ai un joli bicho pour vous.

— Mon Dieu! s'exclama Jacquie, il ne manquait plus que ça!

— C'est trop tard, mon garçon, lui dis-je tristement. Je ne veux plus de bichos.

L'Indien fronça le sourcil.

— Mais, senor, vous avez dit que vous vouliez beaucoup de bichos.

— Je sais bien... mais c'était avant la révolution. Maintenant je ne peux plus en acheter, car il n'y a plus de bateaux pour les emmener. Tu vois bien, dis-je en montrant notre faune qui errait à travers le camp, j'ai dû laisser partir tous mes bichos.

Il regarda autour de lui, atterré.

— Mais ils sont encore là, répondit-il.

— Oui, mais ils vont partir. Je regrette, mon garçon, de ne pas pouvoir acheter ce que tu m'apportes.

L'Indien ne me quittait pas des yeux, sachant que je mourais d'envie de savoir ce qu'il avait dans la caisse.

— C'est un bon bicho, dit-il enfin d'une voix suave, un bicho *muy bravo, muy venenoso...* j'ai eu beaucoup de peine à l'attraper, senor.

— De quel bicho s'agit-il?

Je sentais ma résistance faiblir. Il devint très agité.

— Un *bicho* très rare, senor... et *muy venenoso,* dit-il le regard brillant, un *cascabel,* senor, et tellement grand... et quand il se fâche il fait autant de bruit qu'un millier de chevaux.

Avec précaution, je donnai un coup dans la boîte avec la pointe de ma chaussure; tout de suite s'éleva de la boîte ce son étrange par lequel le serpent à sonnette annonce sa présence et ses intentions. C'est certainement, de tous les bruits produits par les reptiles, le plus extraordinaire. Cela commence par un sifflement et s'achève dans un crépitement de fusil d'enfant. C'est beaucoup plus effrayant que le sifflement habituel, et cela est dû, je crois, à ce que cette vibration s'associe dans l'esprit à quelque chose de maléfique, comme le bouillonnement d'une marmite de sorcière.

— Je regrette, répétai-je, mais je ne peux pas te l'acheter.

Le jeune Indien me regarda, déconfit.

— Même pas pour dix *guaranies?* demanda-t-il.

Je secouai la tête.

— Et pour huit, senor?

— Non, je t'assure que je ne peux pas te l'acheter.

Il soupira, comprenant que c'était mon dernier mot.

— Alors... je vais vous le laisser, senor, car je ne sais pas ce que je pourrais en faire.

Prenant le paquet de cigarettes que je lui offrais, il se fraya un chemin à travers les oiseaux accroupis sur le sol et disparut en nous laissant avec un serpent à sonnette sur les bras.

— Et que vas-tu faire de ça? demanda Jacquie.

— Je voudrais enregistrer ses bruits, puis je le relâcherai. Son crépitement est magnifique. Je suppose que c'est un très gros reptile.

Pour de multiples raisons, il nous fallut remettre l'enregistrement au lendemain. Au matin, les pauvres abandonnés se traînaient encore à travers le camp. Nous passâmes encore une heure à les chasser. Ayant sans doute compris qu'il ne fallait plus rien attendre de nous, du point de vue nourriture, ils commencèrent lentement à s'en aller. J'apportai alors l'appareil enregistreur et ayant placé le micro près de la caisse, je donnai une tape dessus. Aucun son n'en sortit. Je tapai de nouveau. Le reptile resta silencieux. Je secouai la caisse vigoureusement, mais sans plus de succès.

— Il est peut-être mort, dit Jacquie.

— Non. C'est le coup classique. On dirait que ces maudites bêtes sentent qu'on va enregistrer... elles font un chahut d'enfer puis... plus rien.

Je soulevai la caisse doucement d'un côté et fis glisser le serpent. Ce geste fut suffisant. Avec un crépitement féroce, l'aiguille enregistreuse vacilla et capta un volume de sons ahurissant. Par trois fois je tapai sur la caisse et à chaque fois la réponse se fit plus furieuse. Nous arrêtâmes, estimant l'enregistrement suffisant, mais la bête, exaspérée, crépitait comme une mitrailleuse.

— Il s'agit à présent de nous débarrasser de lui, dis-je en prenant une machette.

— Tu ne vas pas le laisser partir ici? cria Jacquie, alarmée.

— Si. Je n'aurai qu'à lui donner un coup pour le pousser et tu le verras disparaître dans l'étang.

— Je ne sais pas... il a l'air redoutable. Assure-toi qu'il est bien dans l'étang.

— Je t'en prie, Jacquie, cesse de t'inquiéter et va te mettre un peu plus loin, dis-je en essayant de maîtriser mon irritation.

Une fois Jacquie en sûreté, je me risquai à soulever le couvercle de ce qui était la prison du serpent à sonnette. Ce ne fut pas une mince affaire, car l'Indien l'avait clouée de tous les côtés avec de vieux clous rouillés. Je réussis à glisser la lame de ma machette et, m'appuyant avec force sur le manche, je fis sauter une partie du couvercle. J'étais si soulagé que je me livrai alors à la chose la plus folle : je me penchai en avant pour regarder dans la caisse. Je me trouvai devant un monstre déchaîné qui, dès qu'il aperçut mon visage, se précipita en avant, la bouche ouverte.

J'avais toujours cru, jusqu'à ce jour, qu'un serpent à sonnette était incapable de darder sa langue four-chue *vers le haut* pour attaquer sa victime. Aussi est-ce avec un effroi teinté de surprise que je vis s'élancer sur moi la tête brutale couverte d'excroissances, semblable à un ananas. La bouche rose et humide était grande ouverte, les crochets prêts à agir, et je n'eus que le temps de voir leur taille qui était terrifiante — à peu près comme des griffes de tigre. Je me rejetai en arrière dans un bond de kangourou, mais mon pied se prit dans ma machette et j'allai atterrir sans élégance. Rampant hors de sa caisse, le reptile jaillit soudain comme un ressort, tête dressée et sonnette vibrant à une telle allure que le bout de la queue n'était plus visible.

— Pourquoi ne lui donnes-tu pas un petit coup pour qu'il s'enfuie vers le marais? demanda Jacquie ironique.

Je n'étais pas d'humeur à répondre à cette plaisanterie. J'allai chercher un bâton et m'approchai de nouveau de la bête dans l'intention de la clouer au sol, puis de la relever. Mais le reptile avait son opinion sur la question. Par deux fois il frappa le bâton qui allait s'abattre, puis se tortilla dans ma direction, d'un air si menaçant que je répétai mon jeté de ballerine. Le serpent était devenu terriblement inquiétant et ne paraissait pas vouloir rejoindre les eaux du marais. Nous essayâmes de lui jeter de la terre, mais il se replia sur lui-même en crépitant. Je songeai alors à l'asperger d'eau — geste qui ne fit que le surexciter; il se déroula et avança sur moi. L'ennui, c'était que Jacquie et moi avions encore beaucoup de choses à terminer et que nous ne pouvions nous offrir le luxe de le laisser prendre congé longuement. De plus, Cai et Pooh étaient attachés dans le camp et risquaient d'être mordus. Il fallait prendre une décision. Tandis que Jacquie attirait son attention en remuant un bâton, j'avançai derrière lui avec précaution, me plaçai en position et d'un geste net lui tranchai la tête d'un coup de machette. Séparées de son corps depuis plus d'une minute, ses mâchoires étaient toujours secouées de convulsions, et une demi-heure plus tard, en touchant ses anneaux avec un bâton on provoquait encore de faibles contractions musculaires. Ce reptile était d'une agressivité rare qui défiait tout ce que j'avais vu jusqu'à ce jour.

Le lendemain matin, beaucoup de nos animaux nous avaient quittés — seuls un ou deux traînaient encore dans le camp. Vers midi arriva un message envoyé par l'ami américain. Une accalmie c'était produite à Asuncion et on nous enverrait l'avion dans l'après-midi. Nos préparatifs s'achevèrent dans l'affolement : en outre, il fallait aussi consoler Paula qui nous suivait de pièce en pièce, avec les longs sanglots d'un chien qu'on va quitter. Les bagages enfin achevés, et le lunch rapidement expédié, vint le moment de placer les animaux dans leurs caisses respectives. Ils ne firent aucune objection — si ce n'est Pooh qui semblait redouter quelque chose de ce nouvel abri. Nous essayâmes, tout d'abord, de jeter des morceaux de bananes dans la cage pour qu'il y pénètre, mais au lieu de s'y aventurer, il réussit à retirer les friandises à l'aide de ses doigts longs et agiles. Finalement, pressé par le temps, je le saisis par la peau du cou et celle de son gros derrière, et le précipitai la tête la première dans sa boîte, indifférent à ses lamentations et à ses trépignements. Une fois à l'intérieur, il eut droit à un œuf, et il s'accroupit pour le sucer avec résignation.

Les jeunes filles étaient venues entourer Paula par petits groupes, comme des pleureuses. Nous avions l'impression d'assister aux funérailles d'un de ses proches. De grosses larmes ruisselaient de ses yeux, et ce flot, qui allait en augmentant, délayait son maquillage et faisait de son visage une palette colorée ; or, le souci de son aspect extérieur passait apparemment au second plan. Sa douleur, assez discrète jusque-là, s'interrompit soudain et elle lança une plainte sonore qui me fit penser à l'intervention du fantôme, dans Hamlet. Nous venions à peine de nous en remettre qu'elle cria d'une voix d'outre-tombe : « Il est arrivé ! » puis elle sombra dans une nouvelle vague de désespoir. Le ronflement léger d'un moteur nous parvint et un camion s'arrêta devant la maison. Je me mis à charger les animaux et les bagages, tandis que Jacquie subissait les embrassades de chacune des filles, puis fut serrée contre le giron humide et palpitant de Paula. Quand ce fut mon tour, heureusement, ces jeunes filles me tendirent simplement la main en amorçant un semblant de révérence comme devant un personnage de haute lignée. Quant à Paula, elle serra ma main dans les siennes, en les portant à son cœur, puis leva vers moi son visage baigné de larmes.

— *Adios, senor*, dit-elle, un bon voyage pour vous et pour la senora. J'espère que vous reviendrez au Chaco... si Dieu le veut.

Le camion démarra sur la route poussiéreuse, et nous nous penchâmes à la portière pour agiter la main dans la direction de Paula et de ses filles. Elles se tenaient comme un charmant groupe d'oiseaux des îles et agitaient des mouchoirs et les mains en criant des *Adios* d'une voix perchée.

Au moment où nous arrivions au terrain l'avion plongeait en piqué comme une libellule. Il atterrit et s'approcha de nous.

— Ah! Je vois ce que c'est, dit le chauffeur du camion. Vous avez le cinglé.

— Le cinglé! Quel cinglé? demandai-je ahuri.

— Ce pilote-là! répondit-il avec un certain mépris. Tout le monde dit qu'il est fou. Je peux dire que je l'ai toujours vu faire des atterrissages de ce genre.

Le pilote s'extirpa de l'appareil. C'était un petit Polonais trapu aux cheveux gris. Il avait une expression de douceur un peu semblable à celle du chevalier Blanc dans *Alice au pays des merveilles*. La pesée de nos bagages se fit sur une petite bascule manuelle. Nous étions consternés : le poids dépassait de plusieurs kilos ce qui était autorisé pour l'avion.

— Pas d'importance, dit le pilote avec un large sourire. Il peut porter ça.

Une fois les valises chargées, nous nous casâmes à l'intérieur et le chauffeur du camion posa sur mes genoux les derniers petits objets. Sarah avait refusé sa bouteille, une demi-heure plus tôt, et maintenant, dans l'avion, elle avait changé d'avis et criait à tue-tête. Pour avoir la paix, je la sortis de sa cage et la déposai sur les genoux de Jacquie.

Le pilote toucha le tableau de bord. Il écouta ronfler le moteur et nous sourit d'un air réjoui. « Très difficile », dit-il gaiement. Nous roulâmes pendant près de cinq minutes dans toutes les directions, à la recherche d'une bande de terrain sec où décoller. Elle finit par se présenter et nous avançâmes en faisant des embardées; ce n'est qu'à la dernière minute que nous réussîmes à décoller et à nous élever en frôlant les arbres en bordure du terrain. Le pilote s'essuya le front.

— Il est en l'air maintenant... le plus dur est fait. Il reste encore à se poser, me cria le pilote, et ça aussi c'est une autre histoire.

Au-dessous de nous, la plaine immense s'étendait, noyée dans une brume de chaleur. L'avion bascula en arrière, se redressa et nous survolâmes la rivière sinueuse qui disparaissait à l'horizon pour aller se perdre en direction d'Asuncion.

INTERLUDE

Je n'avais jamais imaginé jusqu'alors pouvoir me réjouir à la vue d'une grande ville (je ne les ai jamais beaucoup aimées). Mais dès que j'aperçus les lumières de Buenos Aires dans le crépuscule, j'éprouvai un plaisir et un soulagement extraordinaires. Sitôt dans l'aéroport, je me dirigeai vers un téléphone et composai le numéro de Bebita.

— Oh! mes enfants! Comme je suis heureuse de vous savoir là! Vous ne saurez jamais quel souci je me suis fait à votre sujet. Où êtes-vous en ce moment? A l'aéroport? Bien. Alors venez dîner.

— Mais Bebita... c'est de nouveau l'histoire des animaux. Il faut trouver où les mettre. Il fait terriblement froid et ils peuvent attraper une pneumonie si je ne les mets pas vite au chaud.

— Bien sûr, les animaux, dit Bebita. Mais tout est arrangé. J'ai trouvé une petite maison pour eux.

— *Une* maison?

— Oui. Toute petite, bien sûr — deux pièces, je crois. L'eau courante, mais je ne suis pas certaine qu'il y ait l'eau chaude. M-m-mais je peux toujours vous prêter un radiateur.

— Je suppose que cette maison appartient à un de vos amis?

— M-m-mais naturellement. Qu'est-ce que vous imaginez?

La *petite maison* de Bebita était en fait un grand deux pièces donnant sur un petit patio entouré d'un très haut mur. Une autre petite construction était dotée d'un grand évier. Grâce au radiateur que Bebita avait soustrait en cachette de la chambre de son époux, nous pûmes obtenir rapidement une température agréable et les animaux reprirent bien vite du poil de la bête. Nous avions téléphoné à Rafael, et il arriva, les bras chargés de fruits, de viande et de pain provenant du garde-manger de sa mère. Je crus devoir protester, puis je me rangeai bien vite à ses arguments : toutes les boutiques étaient fermées et les animaux avaient faim. C'est donc avec joie que je gavai nos créatures de friandises auxquelles elles n'étaient pas habituées : raisins, poires, pommes, cerises. Une fois qu'elles furent installées bien au chaud et le ventre plein, nous les laissâmes pour aller retrouver Bebita. C'était notre premier repas de civilisés depuis des mois. Sitôt après, aussi repus que nos animaux, nous plongeâmes dans des fauteuils pour savourer notre café.

— Il nous reste encore quelques jours avant le départ du bateau et j'aimerais bien essayer de rassembler ce que je pourrai comme animaux.

— Vous aimeriez retourner à la campagne? demanda Bebita.

— Si c'était possible... je serais ravi.

— Je vais voir si Maria Mercedes accepterait que vous alliez à l'*estancia*.

— Vous pensez qu'elle voudra bien?

— Mais certainement, commença Bebita, c'est...

— Je sais... c'est une de vos amies.

C'est ainsi que tout fut arrangé. Nous irions prendre le train jusqu'à Monasterio — à quelque cinquante kilomètres de Buenos Aires, et là Rafael, accompagné de son frère Carlos, nous attendrait pour nous conduire à Secunda, une des *estancias* des De Soto.

11

LA CHASSE AU NANDOU

Nous nous rendîmes donc à Monasterio par le train. Les dernières maisons de la capitale sitôt dépassées, la voie ferrée s'élança à travers l'immensité de la pampa, toute blanche de rosée. De chaque côté la masse des volubilis, avec leurs feuilles en forme de cœur, formait un tapis bleu.

Monasterio nous amusa. C'était un vrai décor de western comme ceux que l'on reconstitue à Hollywood. Quelques maisons, le long d'une rue boueuse bordée d'ornières et marquée par les sabots des chevaux; au coin, le magasin du village avec ses rayons débordants de marchandises de toutes sortes : cigarettes, vêtements kaki, etc. Des chevaux étaient attachés à l'extérieur et leurs cavaliers bavardaient dans la boutique. C'étaient de petits hommes trapus, au visage brun craquelé par le soleil; leurs yeux étaient noirs comme le jais et tous portaient de grandes moustaches, de style victorien, toutes jaunes de nicotine. Ils étaient vêtus comme les péons traditionnels : bottes courtes et petits éperons; *bombachas,* culottes

bouffantes, un peu comme des culottes de golf, retom-
bant sur les bottes ; chemise large, mouchoir de couleur vive noué autour du cou ; et pour complèter cet
uniforme, un chapeau de feutre noir à bord étroit
relevé sur le front, retenu par un élastique passant
derrière la tête. Les larges ceintures de cuir étaient
décorées de motifs argentés. Un petit couteau, sans
doute en parfait état de fonctionnement, y était
accroché.

Nous entrâmes dans le magasin. Tous se retournèrent pour nous dévisager avec gentillesse et curiosité. Après que nous les eûmes salués dans notre piètre
espagnol, ce qui les fit beaucoup rire, ils nous répondirent très courtoisement. J'achetai des cigarettes et
traînai dans la boutique en attendant Carlos et Rafael.
Il y eut un tintement de harnais, un bruit de sabots, un
grincement de roues, puis une charrette apparut ;
c'était notre interprète et son frère Carlos. Rafael,
toujours enthousiaste, nous présenta Carlos. Plus
grand que lui, il donnait l'impression, toute illusoire,
d'être beaucoup plus posé. Avec son visage pâle et
placide, ses petits yeux sombres et ses cheveux noirs et
luisants, il avait quelque chose d'asiatique. Tandis que
Rafael s'agitait comme un corbeau en baragouinant
de façon incompréhensible, Carlos était allé s'occuper
de nos bagages. Il les chargea méthodiquement sur la
charrette, puis s'assit pour attendre patiemment que
nous montions. Quand nous fûmes installés, il secoua
légèrement les rênes sur la croupe des chevaux, leur dit
un mot gentil, et le dog-cart s'ébranla. Pendant une
demi-heure environ, nous suivîmes une route droite

comme un ruban, à travers une immense étendue d'herbe. Enfoncés jusqu'aux genoux dans l'herbe haute des pâturages, des troupeaux paissaient. Ils ne comptaient pas moins de cent têtes. Au-dessus d'eux, des pluviers tournoyaient avec leurs ailes bicolores. Par petits groupes, des canards se désaltéraient dans les bas-côtés pleins d'eau et de végétation. Dans un claquement d'ailes ils s'envolèrent à notre passage. Soudain Carlos désigna du doigt un petit bois sombre qui se dressait comme un récif noir sur la pampa verte.

— Voici Secunda, dit-il en souriant. Encore dix minutes et nous y serons.

— J'espère que cela nous plaira, dis-je en plaisantant.

Indigné, Rafael se retourna vers moi.

— Sûr que vous aimerez Secunda. C'est notre estancia, Gerry.

Secunda était une construction longue et basse, badigeonnée à la chaux; l'impression d'élégance qui s'en dégageait était due surtout au cadre : d'un côté, un immense lac et un bois d'eucalyptus, de l'autre, un cèdre du Liban. Derrière la maison, les fenêtres donnaient sur les eaux grises et calmes du lac bordé par la petite frise de la pampa; devant la maison, un jardin classique de pur style victorien; tout y était : les haies soigneusement taillées en bordure du chemin envahi par les herbes folles, le petit puits enfoui sous la mousse et les fougères. Disposées sans symétrie, sur les parterres de fleurs jonchés d'oranges, de pâles statues se détachaient sur l'ombre des cèdres. Sur le lac, des cygnes glissaient en bandes serrées comme des paquets de glace à la dérive, et entre les roseaux, des échassiers roses, les spatules, en quête de nourriture, donnaient à toute cette verdure une ravissante note de couleur. Sur le puits rafraîchissant étaient perchés des oiseaux-mouches, et des fourniers, le jabot enflé, se pavanaient au milieu des orangers. Parfois, de minuscules colombes grises aux yeux mauves se posaient sur les parterres de fleurs, picoraient en hâte puis s'envolaient discrètement. Il régnait sur ce jardin la paix d'un monde oublié; dans le silence presque absolu on n'entendait que la note piquée du fournier ou le doux balbutiement d'ailes de la colombe miniature s'envolant vers les eucalyptus.

Une fois les bagages défaits, nous nous retrouvâmes au salon pour préparer notre programme. Je tenais avant tout à filmer la rhée — ou nandou — qui est en Amérique du Sud la réplique de l'autruche d'Afrique. Si proche de Buenos Aires, Secunda était cependant une des rares estancias où l'on rencontrait encore ces grands oiseaux à l'état sauvage. A Buenos Aires, j'avais déjà fait part de ce désir à Rafael.

— Ne vous inquiétez pas, Gerry, dit Rafael en souriant. Carlos et moi avons tout arrangé.

— C'est vrai, renchérit Carlos. Nous allons au *nandou* dès cet après-midi.

— J'ai aussi pensé que vous aimeriez filmer la façon dont les péons attrapent le nandou, ajouta Rafael.

— Comment font-ils?

— Avec les *boleadoras*... vous savez... les trois boules sur une corde. C'est la vieille méthode.

— Mon Dieu! J'adorerais filmer ça!

— Nous partons cet après-midi avec la charrette, et les péons iront à cheval. (Puis Rafael poursuivit dans sa langue défectueuse, mais colorée). Nous trouvons nandous, les péons les attrapent, vous les filmez. Ça va comme ça?

— Merveilleux, répondis-je, et si on ne les trouve pas aujourd'hui, pourrons-nous recommencer demain?

— Mais certainement.

— Nous les chercherons jusqu'à ce qu'on en trouve, dit Carlos, et les deux frères se regardèrent d'un air enchanté.

Grinçant doucement sur le gravier, la petite charrette arriva après le déjeuner. Carlos la conduisait, avec de petits coups de rênes sur la croupe des deux chevaux gris. Il stoppa en face de la véranda, sauta de la charrette et vint me rejoindre. Les deux chevaux secouaient la tête en mordillant leur mors.

— Vous êtes prêt, Gerry?

— Oui. Où sont les autres? Partis?

— Oui. Rafael et les péons ont pris les chevaux... J'ai six péons. Ça vous va?

— Parfait... Il ne manque plus que ma femme, dis-je en jetant un coup d'œil autour de nous.

Carlos s'assit sur le mur et alluma une cigarette.

— Les femmes se font toujours attendre, dit-il résigné.

Un énorme papillon jaune vint voltiger sur la tête des chevaux. Ayant découvert leurs oreilles, il s'y posa comme s'il s'était agi d'une variété d'arum poilu. Les chevaux secouèrent la tête et le papillon reprit l'air de son vol en zigzag. Près de la masse sombre des cèdres, un rouge-gorge plongea dans les branches basses et, avec un petit cri, captura une araignée qu'il emporta dans un oranger tout proche. Jacquie apparut sur la véranda :

— Bonjour, s'écria-t-elle gaiement, tout le monde est prêt?

— Oui, répondîmes-nous en chœur.

— Vous n'avez rien oublié? Films, trépied, parasoleil, photomètre?

— Oui, j'ai tout, répondis-je, sûr de moi.

— Et l'ombrelle?

— Diable! Je l'ai oubliée. (Me tournant alors vers Carlos) Auriez-vous une ombrelle? lui demandai-je.

L'objet semblait inconnu des deux frères; je me lançai donc dans une description, ce qui n'est pas facile. Enfin Carlos parut comprendre et s'engouffra dans la maison.

Il réapparut, armé d'une petite ombrelle japonaise en papier qu'il faisait tourner fièrement et dont la circonférence était à peu près celle d'une roue de bicyclette.

— Ça vous va? demanda-t-il.

— Vous n'auriez pas la taille au-dessus, par hasard?

— Plus grand? Non. Mais c'est pour quoi, Gerry?

— Pour protéger la caméra du soleil.

— Ah!... Mais alors celle-ci suffira. Je la tiendrai moi-même.

Une fois dans la charrette, Carlos secoua les rênes d'un coup sec sur les belles croupes et claqua de la langue. Avec un soupir profond, les chevaux s'élancèrent. La route était bordée d'eucalyptus géants dont l'écorce se détachait, et les troncs blancs et luisants apparaissaient sous les immenses épluchures en spirale. Dans les branches, d'énormes constructions — véritables enchevêtrements de souches et de brindilles — n'étaient autres que des habitations de perroquets. Nous aperçûmes leur silhouette fine et leur plumage vert gazon chatoyant au soleil, puis ils s'engouffrèrent dans les gigantesques nids communaux.

« Hi-hue! hi-hue! » lança Carlos d'une voix de tête, et les chevaux se mirent au trot. Au bout de la longue route bordée d'arbres commençait la pampa, toute dorée sous le soleil matinal. La charrette roula sur l'herbe détrempée par la rosée et les chevaux se frayèrent un chemin à travers les chardons géants, aussi hauts qu'un homme à cheval. Tels de redoutables candélabres piquants, ils portaient chacun leur fleur couleur de flamme. Un petit fantôme gris, un hibou fouisseur, se livra, à la porte de son abri, à un charmant petit ballet; deux pas à gauche, deux pas à droite; une pause pour regarder de ses yeux dorés, puis un petit plongeon de la tête vers la gauche, un vers la droite, un bond sur le sol et un vol silencieux sur des ailes douces comme de la soie.

Cahin-caha, la charrette continuait d'avancer; la pampa s'étirait à l'horizon, comme une mer infinie et dorée, avec des taches sombres, là où les chardons se faisaient plus denses. Comme de petites vagues, des arbres rabougris offraient un peu d'ombre au bétail. Dans un ciel bleu très pâle, des nuages gonflés comme des outres se déplaçaient majestueusement. Les chardons devenaient plus denses et les chevaux peinaient pour éviter de se blesser les flancs. Les roues écrasaient en passant les plantes fragiles dans un crépitement léger. Sous les sabots des chevaux, un lièvre surgit et s'enfuit à toutes jambes. Il s'immobilisa, puis se perdit dans la masse brunâtre des chardons. On distinguait au loin des formes noires rehaussées de couleurs vives... C'étaient nos péons sur leurs montures.

Ils nous attendaient en bavardant parmi les hautes herbes. Les chevaux secouaient la tête, impatients. Carlos amena la voiture près d'eux et l'équipage s'arrêta, la tête penchée, tout essoufflé. Carlos s'entretint de notre plan de chasse avec les péons : ils devaient se scinder en deux et chevaucher en file indienne en laissant assez d'espace entre eux. La charrette roulerait au milieu. Sitôt que les nandous déboucheraient, ils essaieraient de les encercler et de les repousser vers la charrette, devant la caméra.

— Vous croyez que nous allons rencontrer des nandous ? demandai-je à Carlos, quand le brouhaha se fut un peu calmé.

— J'espère, répondit-il en haussant les épaules. Rafael prétend qu'il en a vu hier.

Carlos fit claquer sa langue ; les chevaux sortirent de leur léthargie et la charrette s'ébranla à travers les chardons. Nous n'avions pas fait vingt mètres que le cavalier de tête lançait un « hoop » prolongé. Il désigna le carré de chardons dans lequel les chevaux s'apprêtaient à plonger. D'un geste rapide, Carlos les stoppa; debout sur notre siège, nous scrutâmes le buisson recouvert de fleurs rouges. Je ne voyais rien, mais Carlos me saisit soudain le bras :

— Là, Gerry, vous voyez? nandou...

Je parvins à distinguer, à travers l'océan de tiges grises et blanches, une forme qui se tortillait. Les péons avaient commencé à l'encercler quand l'un d'eux, debout sur ses étriers, fit un signe et cria.

— Que dit-il, Carlos?

— Il dit qu'il y a un nandou avec des petits.

Il mit les chevaux au galop, et la voiture repartit en cahotant. Carlos l'arrêta à la limite des chardons, là où commençait l'herbe.

— Regardez, Gerry... ils viennent par ici.

Les sabots crissaient et écrasaient tout sur leur passage. Soudain, un grand chardon s'inclina, craqua et tomba. Piétinant la masse épineuse, un nandou gagna l'herbe verte avec la grâce d'une ballerine. Nous eûmes le temps de le voir, car il s'arrêta un instant. C'était un mâle. Il ressemblait à une petite autruche grise avec des taches sur la gorge et la tête. Alors que chez l'autruche la tête et le cou sont dénudés, ce qui est affreux, ils étaient au contraire recouverts de plumes; ce n'était pas non plus l'œil stupide de l'autruche, mais de grands yeux limpides et intelligents. Il s'arrêta un instant pour se repérer et nous aperçut. Il virevolta et, à grandes enjambées, gagna la pampa — la tête et le cou tendus en avant et les énormes pieds rejoignant presque le bec à chaque pas.

Il courait si vite qu'il paraissait bondir sur des ressorts. Debout, il devait bien mesurer un mètre cinquante, mais lancé dans la course, son corps tout entier — des jambes jusqu'au cou — s'étirait dans une ligne fuselée qui fendait l'air. Écrasant la barrière des chardons, un péon le prit en chasse et le suivit au galop jusqu'à l'approcher à une vingtaine de mètres; l'oiseau nous offrit alors une démonstration de sa tactique de fuite. Dès qu'il vit le cavalier, il leva la tête, sembla stopper au beau milieu d'un bond prodigieux, et pivota en l'air pour repartir dans la direction opposée; et cela, sans perdre de vitesse. Suivant une ligne en zigzag, il bondissait alternativement à droite puis à gauche comme une gigantesque grenouille, faisant des bonds de deux mètres de long.

Carlos s'apprêta à presser les chevaux et le second oiseau se montra à découvert. Plus petit et d'un gris plus pâle, il bondit par la brèche que le premier avait ouverte à travers les chardons et s'arrêta dans l'herbe en dérapant.

— C'est la femelle, murmura Carlos. Vous voyez, elle est plus petite.

Elle pouvait nous voir d'où elle était, mais elle demeura immobile au lieu de fuir et se balança d'une patte sur l'autre d'un air embarrassé, en nous observant de ses grands yeux peureux. Soudain, nous comprîmes pourquoi elle n'avait pas fui. L'explication ne se fit pas attendre : nous vîmes détaler du fourré onze bébés qui n'avaient pas plus de quelques jours. Leurs petits corps ronds étaient une masse de plumes; gros comme des ballons de football, ils étaient perchés sur des pattes épaisses, que terminaient de grands pieds épanouis. Recouverts d'un duvet brun-crème avec des rayures grises, ils ne devaient pas avoir plus de trente centimètres de haut. Ils sortaient de la forêt de chardons en se tortillant, sans aucune crainte, les yeux brillants, et vinrent entourer les énormes pieds de leur mère, avec des cris aigus. La mère se retourna pour jeter un coup d'œil rapide sur sa progéniture; puis elle parut renoncer à les compter et s'engagea dans l'herbe à une allure modérée, tête levée, martelant le sol de ses grands pieds. Les bébés la suivaient en courant en file indienne. C'était un spectacle comique; la mère, très digne, ressemblait à une vieille fille qui se hâtait vers son autobus, laissant traîner dans les herbes son boa de plumes.

Quand toute la famille eut défilé sous les cris de ravissement de Jacquie, Carlos fit redémarrer la voiture à travers les chardons.

— Nous allons bientôt rencontrer les gros nandous, dit Carlos.

A peine avait-il achevé sa phrase que Rafael se dirigea vers nous au galop, foulard au vent, en agitant son chapeau. Il s'arrêta à notre hauteur et se mit à gesticuler et à pérorer nerveusement en espagnol avec Carlos. Celui-ci se retourna vers nous, les yeux brillants.

— Rafael a vu beaucoup de nandous là-bas et il dit que si nous y allons avec la voiture, lui et les péons chasseront les oiseaux vers nous.

Il repartit au galop vers les cavaliers, pour expliquer à chacun où il devait se tenir. Carlos obligea de nouveau les chevaux qui rechignaient à entrer dans les chardons. Couché sur le siège, il frappait leurs croupes avec le plat des rênes et les encourageait de la voix; lancée à un train d'enfer à travers la pampa, la charrette risquait à tout moment de verser. Dans les herbes, deux pluviers se levèrent à notre approche et volèrent en rond en poussant leurs « Tero... tero... tero » pour avertir de notre présence les habitants de la pampa. La chaleur était devenue intolérable et les flancs des chevaux étaient noirs de sueur; l'horizon, sous la brume, avait perdu toute réalité. Soudain Carlos arrêta la charrette.

— Je crois que cet endroit est bien, Gerry. On va amener la caméra parce que les oiseaux vont venir par ici.

On sortit le matériel de la charrette. Je portais la caméra et le trépied et Carlos me suivait, armé du ridicule parasol japonais. Jacquie resta dans la voiture, les jumelles collées aux yeux, prête à nous avertir de l'apparition des nandous. Avisant à une cinquantaine de mètres de là un endroit d'où nous aurions une vue parfaite sur une large « avenue » entre deux carrés de chardons, j'y installai la caméra, et la mis au point. Carlos tenait la minuscule ombrelle au-dessus de la caméra pour la protéger de la chaleur.

— Ça va, maintenant, dis-je en m'épongeant le visage.

Carlos agita le parasol coloré, et on put entendre au loin les cris des péons excitant leurs chevaux vers la jungle des chardons. Puis il y eut un silence et les pluviers, nous voyant immobiles, s'enhardirent à venir se poser près de nous. Ils sautillaient de droite à gauche et s'arrêtaient pour nous regarder avec méfiance. Jacquie, toujours assise sur la charrette, le chapeau en arrière, regardait avec ses jumelles. Les chevaux, la tête basse, se balançaient d'une hanche sur l'autre. Quant à moi, je sentais la sueur me ruisseler dans le dos et sur le visage, et ma chemise collait de façon désagréable. Soudain, Jacquie enleva son chapeau et l'agita, tout en hurlant des instructions incompréhensibles. Les deux pluviers s'envolèrent pour aller tourner dans le ciel avec des cris farouches. On entendait le craquement des chardons, le bruit des sabots et les exclamations des péons. C'est alors que les nandous sortirent des chardons. Je n'aurais jamais cru qu'un oiseau vivant au sol pouvait se mouvoir avec la grâce et la rapidité d'un oiseau en vol. Ils étaient huit, disposés en formation et leurs pattes se déplaçaient à une vitesse telle qu'on les voyait seulement lorsque le pied touchait terre et propulsait l'oiseau en avant. Le cou était tendu presque à l'horizontale et les ailes, légèrement tombantes, étaient écartées du corps. Dominant le tapage des pluviers, le bruit rapide et rythmé de leurs pieds, tels des sabots, martelait le sol dur. Sans ce martèlement, on les eût crus montés sur roues tant leur action était rapide et sans effort apparent. Soudain, au milieu de cette course, deux péons surgirent au galop des chardons avec des « hoop » aigus, et alors il se produisit quelque chose d'étrange. Chacun des oiseaux — comme pour éviter une fessée — rentra sa queue et réussit à redoubler de vitesse, ce qui paraissait impossible. Les péons les

poursuivirent et je vis l'un d'eux dénouer les boleadoras pendus à sa ceinture.

— J'espère qu'ils ne vont pas essayer de les attraper
là-bas, Carlos. Je ne peux pas filmer à cette distance.

— Non. Ils cherchent seulement à les encercler
pour les ramener. Retournons à la voiture... il y a un
peu plus d'ombre qu'ici.

— Pendant combien de temps vont-ils faire cela?

— Cinq minutes, peut-être.

Dans la voiture, installée comme dans une tribune,
Jacquie, les jumelles toujours braquées, bondissait de
son siège par intermittence pour lancer des encou-
ragements à cette chasse lointaine. Je plantai la
caméra dans le maigre carré d'ombre projeté par la
voiture, et je grimpai à côté de Jacquie.

— Que se passe-t-il? lui demandai-je, car les péons
et leurs proies n'étaient plus que de petites taches au
loin.

— C'est passionnant, répétait-elle sans me passer
les jumelles. Comme c'est excitant... Tu les as vus
courir?

— Laisse-moi regarder... voyons.

— Oui... une minute. Je veux seulement voir... oh,
non! regarde...

— Que vois-tu donc?

— Ils ont essayé d'échapper... C'est vraiment for-
midable... leur vitesse. As-tu jamais rien vu de semblable?

— Non... si tu me laissais seulement les jumelles
une minute...

Elle me les céda à contrecœur et je vis alors les

oiseaux esquiver et contourner les buissons avec une grâce et une aisance qui auraient rendu jaloux n'importe quel professionnel du football. Galopant de tous les côtés, les péons s'évertuaient à les tenir rassemblés et à les refouler. Les boleadoras étaient prêts à entrer en action. Je pouvais voir, d'où j'étais, les boules briller au bout des longues cordes que les péons faisaient tourner au-dessus de leur tête. Changeant de direction, les nandous couraient maintenant vers nous, et les péons, avec des cris de victoire, tournèrent et suivirent au grand galop. Je rendis les jumelles à Jacquie, et retournai auprès de la caméra. Je venais à peine de mettre au point quand les oiseaux, en groupe serré, se précipitèrent droit sur nous. Ils n'étaient plus qu'à cent mètres lorsque, Dieu merci, ils nous aperçurent. Avec un ensemble parfait, la troupe pivota à

angle droit. Les péons les talonnaient, éperonnant leurs chevaux; les sabots détachaient des mottes de terre noire, et les boleadoras tournoyaient en sifflant au-dessus des têtes. Puis les cris, le martèlement des sabots et le sifflement plaintif des boleadoras s'évanouirent au loin. Seule continuait, au-dessus de nous, la ronde des pluviers avec leurs cris farouches. De la voiture, Jacquie, tel un speaker, n'avait pas cessé de commenter le match.

— Rafael rejoint Eduardo sur la droite... ils courent toujours... Oh!... Il y en a un qui vient de s'échapper, mais Edouardo le poursuit... Oh! Un des péons va lancer ses boleadoras... il l'a manqué.

J'allumai une cigarette et la jetai presque immédiatement, car un nandou avait bondi hors des chardons. Je pensais que les péons auraient eu besoin d'un moment pour regrouper les oiseaux et je n'avais pas encore mis au point. Je n'en eus pas le temps; voyant l'oiseau lancé à plus de trente kilomètres à l'heure, je fis tourner brusquement la caméra sur son trépied, et dès que j'eus le nandou dans le champ, je pressai le bouton, en me demandant ce qu'il en sortirait. L'oiseau était à environ cinquante mètres, et Rafael le suivait de près. Le nandou semblait inquiet de se sentir serré de si près et je me rendais compte, dans le viseur, qu'il ne voyait ni la charrette ni la caméra. Il se rapprochait de plus en plus et emplissait maintenant tout le viseur. L'instant était grave, car je n'avais nulle envie de recevoir par le travers une masse de cent kilos lancée à cette allure. Je gardai le doigt sur le déclic, en marmonnant une courte prière. L'oiseau, soudain, me découvrit; ses yeux s'emplirent d'une expression hor-rifiée, et arrachant à ses muscles un dernier effort, il se jeta sur la gauche et disparut du champ de mon viseur. Je me redressai et m'épongeai le front. Je l'avais échappé belle. Hagards, Jacquie et Carlos me regar-daient de la charrette.

— Mon Dieu! A quelle distance crois-tu qu'il était de toi?

— Il a braqué en arrivant vers cette touffe d'herbe que tu vois là, dis-je à Jacquie.

Du trépied à la touffe, j'évaluai la distance à un mètre quatre-vingts environ.

Ce virage, qui me sauva, fut sans doute ce qui perdit le nandou. En effet, Rafael le suivait de si près que l'oiseau, par cette faible déviation, perdit quelques mètres d'avance. Arrachant à son cheval ruisselant un ultime effort, Rafael réussit à gagner l'oiseau de vitesse et le ramena devant la caméra. Cette fois-ci, j'étais prêt. J'entendis le sifflement des boleadoras qui allait crescendo pour finir dans une sorte de « houip » prolongé. Tournoyant comme un fléau, cordes et balles allèrent s'enrouler, telle une poulpe, autour du cou et des pattes de l'oiseau. Il fit encore quelques pas, puis la corde se tendit et il s'abattit sur le sol. Avec un long cri de triomphe, Rafael arriva à sa hauteur; en un éclair il mit pied à terre et saisit les pattes qui se débat-taient au risque de l'éventrer. Après une lutte de quelques instants, le nandou s'immobilisa. Dansant de joie sur le siège de la charrette, Carlos annonça à grands cris notre victoire aux autres péons qui s'empressèrent de nous rejoindre autour de la prise.

C'était un gros oiseau aux cuisses aussi musclées que celles d'une ballerine, mais dont les os des ailes étaient d'une fragilité étonnante. Ses énormes yeux, bordés de longs cils de star, recouvraient presque tout le côté du crâne. Quant à ses pieds, munis de quatre doigts, ils étaient énormes et puissants. Le doigt le plus long portait une redoutable griffe recourbée, aussi tranchante qu'un canif. Les plumes, assez longues, ressemblaient à des feuilles de fougère très effilées. Quand j'eus fini de l'examiner et pris quelques gros plans, nous retirâmes les cordes et les boules pour le libérer. Il resta un moment allongé dans l'herbe, puis d'un brusque déclic de ses pattes puissantes, il se remit sur ses pieds et bondit dans les chardons en courant de plus en plus vite.

L'heure était venue de retrouver Secunda et le repas qui nous y attendait. Les péons riaient et bavardaient gaiement à nos côtés, et le bruit léger des harnais accompagnait notre troupe. Noirs de sueur, épuisés, les chevaux rentraient d'un pas allègre en se bottant de temps à autre. Quant à nos deux chevaux, dans leurs brancards tout l'après-midi, ils n'avaient pas beaucoup peiné, et pourtant ils se traînaient comme s'ils étaient à bout de forces. Derrière nous, la pampa s'étirait, majestueuse et dorée, et nous entendions encore les cris que le pluvier, toujours aux aguets, continuait à lancer « tero... tero... tero... terotero-tero... ».

ADIOS

Le grand départ approchait. Il fallut nous arracher à Secunda et emmener avec nous nos dernières captures : tatous, opossums, et quelques très beaux oiseaux. Nous prîmes le train pour Buenos Aires. Les animaux voyageaient en même temps, dans le fourgon à bagages. Ces nouvelles acquisitions apportaient un certain lustre à notre collection, mais j'étais déçu de posséder si peu d'oiseaux alors que l'Argentine abrite quelques-unes des espèces les plus intéressantes.

Avec cette idée en tête, je me rappelai soudain, la veille de notre embarquement, une chose que Bebita m'avait dite à ce sujet. Je décidai de l'appeler.

— Bebita, ne m'aviez-vous pas parlé d'une boutique d'oiseaux à Buenos Aires?

— M-m-mais bien sûr... je l'ai vue... elle est quelque part, près de la gare.

— Auriez-vous la bonté de m'y conduire?

— C'est bien f-f-facile. Venez déjeuner et nous irons ensuite.

Après un repas qui se prolongea assez tard, Bebita,

Jacquie et moi, entassés dans un taxi, partîmes à la recherche de la boutique. Nous devions la trouver sur une place, parmi des centaines de petites échoppes vendant des légumes, de la viande et beaucoup d'autres produits. La boutique était grande et contenait, à notre grande joie, un choix aussi varié qu'important. Nous fîmes lentement le tour de toutes les cages pour admirer les oiseaux de toutes formes et de toutes couleurs. Le propriétaire nous suivait d'un œil cupide.

— Avez-vous décidé ce que vous voulez? demanda Bebita.

— Je sais très bien ce que je veux, mais c'est une question de prix. Or, l'homme ne me semble pas décidé à être raisonnable.

L'élégante Bebita lança un regard au propriétaire. Retirant ses gants et les déposant avec soin sur un sac de graines, elle adressa à l'homme un sourire radieux. Il rougit et répondit en saluant. Bebita se retourna vers moi.

— Il a l'air si *gentil,* dit-elle (et elle le pensait vraiment).

J'étais toujours émerveillé des dispositions généreuses de Bebita qui lui permettaient de trouver « gentil » un homme aussi sinistre que ce marchand d'oiseaux.

Il ne me serait pas venu à l'esprit de lui trouver l'air gentil... mais enfin...

— M-m-mais je suis sûre que c'est un ange, reprit Bebita. Montrez-moi seulement les oiseaux qui vous font envie, et je vais lui parler.

Convaincu que la méthode était mauvaise, je me résignai et fit le tour des cages en désignant à Bebita les spécimens que je mourais d'envie d'avoir. Perplexe quant au prix que j'étais décidé à payer, je lâchai un chiffre qui me semblait normal. Bebita se dirigea de sa démarche aérienne vers le marchand qu'elle fit rougir comme un collégien avec un nouveau sourire, et s'adressant à lui d'une voix céleste, attaqua la discussion. Pendant ce temps, Jacquie et moi nous nous tenions dans un coin obscur de la boutique à écouter les « *Si, si senora* » du marchand. Vingt minutes plus tard, Bebita se tenait toujours devant les cages malpropres, telle quelque divinité en visite, tandis que le propriétaire, assis sur un sac de graines, s'épongeait le visage. Ses « *Si, si senora* » ponctuaient toujours le discours que Bebita continuait de lui tenir, mais ils étaient moins affirmatifs. Tout à coup, il haussa les épaules et lui sourit. Elle le regarda comme s'il lui était soudain devenu très cher.

— *B-b-bueno*, dit-elle, *muchisimas gracias, senor*. (Bebita se tourna vers moi :) Marché conclu. Je viens de les acheter pour vous.

— Merveilleux. Mais à quel prix ?

Le chiffre était le quart de celui que j'avais accepté de payer.

— Mais, Bebita, c'est du vol pur et simple, ne puis-je m'empêcher de dire.

— Mais non, mon enfant... tous ces oiseaux sont très communs ici, et c'est ridicule de les payer plus qu'ils ne valent. De plus, comme je vous l'ai dit, cet homme est un ange... et il est ravi de me faire un prix.

— C'est bon, dis-je, je me résigne, mais ne vou-driez-vous pas m'accompagner lors de mon prochain voyagè? Vous me feriez faire des économies.

— Que vous êtes sot, répondit-elle en riant. Je n'y suis pour rien. C'est à cet homme que vous trouviez horrible que vous devez ça.

Je la regardai longuement, puis allai avec beaucoup de dignité choisir mes oiseaux. Cela fait et la pile des cages entassée sur le comptoir, je réglai le marchand et nous échangeâmes les « *gracias* » d'usage. Je chargeai alors Bebita de demander à l'homme s'il avait des oiseaux aquatiques.

Pas exactement, mais il avait quelque chose suscep-tible de m'intéresser. Nous le suivîmes dans l'arrière-boutique jusqu'à un petit lavabo dont il ouvrit tout grand la porte. J'étouffai un cri de ravissement : deux cygnes à col noir, sales, mais merveilleusement beaux, étaient là. Affectant l'indifférence, je les examinai. Ils paraissaient par leur apathie et leur absence de crainte à la limite de l'épuisement. Si ce n'avait pas été la veille de mon départ, et la seule chance de me procurer des cygnes de cette espèce, je n'aurais certainement jamais acheté des oiseaux dans un aussi piteux état. Je pensais du moins que, s'ils étaient destinés à périr, je pourrais leur donner un peu de confort ; je me sentais incapable d'abandonner de si beaux oiseaux à leur sort. Bebita intervint de nouveau ; la discussion fut âpre, mais les oiseaux me revinrent. Alors se posa le problème de leur transport : le marchand n'avait plus de cages. Avisant deux sacs par terre, nous les y pla-çâmes avec la tête dehors. Les bras chargés, nous fûmes reconduits à la porte par le propriétaire. A peine étions-nous dehors que je m'inquiétai :

— Comment allons-nous rentrer à Belgrano ?

— Avec un taxi, pardi! dit Bebita.

Un cygne sous chaque bras, je compris ce qu'avait dû éprouver Alice au fameux match de croquet avec les flamingos.

— Mais nous ne pouvons pas entrer dans un taxi avec cette basse-cour... le chauffeur n'a pas le droit de nous prendre... j'ai déjà eu des difficultés.

— Attendez-moi ici et je vais en trouver un, dit Bebita qui se dirigea vers la file des taxis.

Elle choisit un chauffeur qui n'avait pas l'air particulièrement sympathique.

Pendant quelques instants assez éprouvants, il fixa les sacs d'où sortaient les têtes des cygnes, un peu comme des pythons albinos.

— Ce sont des bichos? demanda-t-il. C'est défendu de transporter des bichos.

Bebita sourit.

— Mais si vous ignoriez que nous avons des b-b-bichos, vous ne seriez pas en infraction, expliqua-t-elle.

Le chauffeur hésita, mais il n'était pas encore convaincu.

— Mais on voit que ce sont des bichos, protesta-t-il.

— S'ils étaient dans le coffre, vous ne les verriez pas, reprit Bebita, toujours souriante.

Le chauffeur, indécis, poussa un grognement.

239

— Bon, ça va, mais rappelez-vous que je n'ai rien vu. C'est ce que je dirai si on nous arrête.

Les cygnes dans le coffre, et les cages empilées à l'avant, le taxi démarra dans un bruit d'ailes et de gazouillements que le chauffeur prétendit ignorer, et se dirigea vers Belgrano.

— Je me demande, Bebita, comment vous arrivez à obtenir d'un chauffeur qu'il transporte une ménagerie. Moi je ne réussis même pas à leur faire accepter de me prendre avec une valise.

— Ils sont si mignons, répondit-elle en regardant gentiment le cou massif de notre chauffeur. Ils sont toujours prêts à rendre service.

Je poussai un soupir. Ce qu'il y avait de vraiment magique chez Bebita, outre ce pouvoir d'obtenir des gens ce qu'elle voulait, c'était qu'elle qualifiait d' « ange » un type qui avait l'air d'un repris de justice, et que, immédiatement, il se conduisait comme un séraphin.

Nos acquisitions de dernière minute soulevaient de nouvelles difficultés. Nous embarquions le lendemain, et nous n'avions que la nuit pour construire les cages nécessaires. Sur un coup de téléphone, Rafael et son frère Carlos arrivèrent à Belgrano, accompagnés de leur cousin Enrique. Sans perdre une minute, nous nous rendîmes chez un menuisier qui accepta de débiter des pièces de contreplaqué aux mesures que je lui indiquai. Titubant sous le poids, nous regagnâmes la maison de Belgrano pour nous atteler à la construction des cages. A 11 h 30, nous avions déjà de quoi loger le quart de nos oiseaux. Comprenant que nous en aurions pour la nuit, j'envoyai Jacquie se coucher afin qu'elle soit fraîche au matin et en état de nourrir les animaux. Carlos courut au café le plus proche et en rapporta du café chaud, du pain et une bouteille de gin. Juste un peu après minuit, on frappa à la porte.

— Tiens, voilà le premier voisin qui vient se plaindre du bruit, dis-je à Carlos. Il vaut mieux que vous alliez ouvrir, car ce gin n'aidera pas mon espagnol...

Carlos revint, accompagné d'un homme à l'accent américain et qui se présenta comme le correspondant du *Daily Mirror* à Buenos Aires, M. Hahn.

— J'ai entendu dire que vous aviez réussi à fuir le Paraguay pendant la révolution et je me suis demandé si vous consentiriez à me raconter cette histoire.

— Bien volontiers, répondis-je en avançant une caisse pour lui permettre de s'asseoir et en lui servant du gin dans une tasse. Qu'aimeriez-vous savoir?

Après avoir humé son gin et vérifié la solidité de la caisse, il s'y assit et sortit son carnet de notes.

— Mais, tout! répondit-il sans hésiter.

Au milieu des coups de marteau, des bruits de scie et des jurons en espagnol lâchés par Carlos et les deux autres assistants, je commençai le récit de notre voyage. Soudain, M. Hahn posa son calepin, enleva sa veste et retroussa ses manches de chemise.

— Je crois que je vous écouterais mieux si je prenais encore un peu de gin et essayais de vous aider.

Ainsi, toute la nuit — carburant au gin et au café — notre petit groupe, aidé du correspondant du *Daily Mirror,* s'attela à la besogne. A 5 h 30 du matin, à l'heure où ouvraient les premiers cafés, le travail était achevé. Je me jetai sur mon lit pour essayer de prendre quelques heures de repos avant l'embarquement.

Il était 2 h 30 quand notre camion se dirigea le long des docks. Vers 4 h 30 presque tout le monde avait examiné nos permis d'exportation, et nous fûmes autorisés à transporter à bord notre marchandise. C'est à ce moment-là que se produisit l'incident qui faillit non seulement annuler notre voyage, mais ma propre personne. On procédait au chargement d'énormes ballots de peaux qui, pour une raison quelconque, passaient au-dessus de la coupée que nous devions emprunter pour transporter les animaux. Je descendais du camion, avec la cage de Cai et m'apprêtais à dire à Carlos de porter celle de Sarah, quand je fus heurté dans le dos comme un boulet de canon, enlevé dans les airs et jeté au sol à dix mètres de là. J'éprouvai une chose assez étrange; j'étais emporté dans l'espace sans comprendre d'où me venait le coup que j'avais reçu, puis je roulais sur le sol. Le dos tout engourdi, la cuisse horriblement douloureuse, j'étais sûr d'avoir quelque chose de cassé et j'étais secoué de tels tremblements que lorsque Carlos, horrifié, vint m'aider à me relever, mes jambes ne me portaient plus. Au bout de quelques minutes, je parvins à me remettre debout, et je découvris avec soulagement que je n'avais pas de fracture. Mes mains tremblaient au point que Carlos dut allumer pour moi la cigarette qu'il me tendait. J'allai m'asseoir pour tenter de retrouver mes esprits et Carlos me raconta ce qui s'était passé. La grue qui soulevait du quai un chargement de peaux avait mal calculé sa manœuvre et balayé la coupée. L'engin meurtrier m'avait atteint, Dieu merci, alors qu'il était en bout de course, sinon il m'aurait littéralement coupé en deux.

— Je dois avouer, dis-je à Carlos en tremblant encore, que j'attendais de Buenos Aires un autre genre d'adieu.

Les animaux furent chargés sur le dock et recouverts d'une toile goudronnée, et nous descendîmes au fumoir où nous attendaient nos amis. Ce fut le drink et le bavardage sans importance qui précèdent tous les départs, puis vint le moment pour eux de redescendre à quai. Accoudés au bastingage, nous les regardâmes regroupés au-dessous de nous. Dans le crépuscule qui descendait, chargé de poussière, nous distinguions encore le visage rond de Carlos et la tache noire de sa chevelure luisante ; Rafael et Enrique, leur chapeau de gaucho rejeté en arrière ; René et Mercedes qui agitaient leur mouchoir ; Marie-Mercedes qui, dans cette faible lumière, avait plus que jamais l'air d'une bergère de Dresde ; puis Bebita, belle et calme. Comme le bateau commençait à s'éloigner, sa voix nous parvint.

— Bon voyage, mes enfants, m-m-mais surtout revenez-nous !

Un dernier signe de la main et nos amis disparaissaient lentement dans une brume de poussière, tandis que dans l'air résonnait le son le plus funèbre qui soit : le son profond et déchirant de la sirène.

REMERCIEMENTS

Notre voyage n'aurait sans doute jamais pris forme sans l'amabilité du Dr Derisi, ancien ambassadeur d'Argentine à Londres, et sans l'enthousiasme avec lequel il applaudit à notre programme qu'il aida de diverses façons. Les conseils en matière de change et permis de douane qui nous furent donnés par Mr Peter Newborn, de l'ambassade d'Argentine, nous ont été extrêmement précieux.

Nous remercions aussi Mr Peter Scott, et le Severn Wildfowl Trust pour leur assistance et les nombreuses introductions qu'ils nous ont procurées.

Nous sommes redevables également à tous les gens de la B.B.C. dont les noms suivent et qui nous ont prodigué leurs conseils en matière d'équipement, d'enregistrement et ont ouvert pour nous des portes utiles : Mrs Nesta Pain, Mr Laurence Gilliam, Mr Leonard Cottrell et Mr W.O. Galbraith.

Notre arrivée à Buenos Aires fut grandement facilitée par Miss Rosemary Clifford, de l'Office central d'Information d'Amérique latine.

Nous sommes également redevables à Mr Norman Zimmern de nous avoir recommandés à des personnes qu'il nous fut extrêmement utile de connaître.

Mr A. P. Manners, de Bournemouth, a été d'une extrême obligeance en nous conseillant dans le choix de notre équipement photographique et en acceptant de développer nos films.

Tous nos remerciements à Joseph Gundry, de Bridport, pour avoir exécuté en un temps record les filets que nous lui avions demandés et qui étaient tous parfaits.

Argentine

Nous tenons à exprimer notre gratitude au senor Apold et au senor Vasquez, du Ministère de l'Information.

Au Ministère de l'Agriculture, les personnes suivantes ont rendu possible ce qui, sans leur concours, ne l'eût pas été : senor Hogan, ministre de l'Agriculture ; Dr Lago, secrétaire général, et Dr Godoy, du service de la Conservation des animaux, qui nous ont aidés à obtenir les permis nécessaires.

Nous ne pouvons que nous louer de la courtoisie et de l'efficacité de tous les officiels au cours de notre séjour en Argentine — il en est de même du personnel de l'aéroport, des docks et des douanes.

La direction de la douane, en accordant les licences d'importation et d'exportation à l'équipement considérable que nous transportions — se montra infiniment précieuse.

Nous exprimons nos remerciements, tout d'abord à l'ancien ambassadeur de Grande-Bretagne, Sir Henry Bradshaw-Mack, K.G.M.G.; puis au premier secrétaire, Mr Allen; Mr Stephen Lockhart, chancelier; Mr King, consul général, et Mr Leadbitter, premier secrétaire à l'Information. Des remerciements tout particuliers vont à Mr George Gibbs, homme d'une patience inépuisable — le plus précieux secrétaire adjoint à l'Information qu'ambassade ait jamais possédé. Ne reculant devant aucun des problèmes si éloignés de ses fonctions, tels que nourrir au biberon un bébé tamanoir parqué dans un aéroport, ou dénicher le grillage métallique le moins cher — il fut pour nous d'un immense secours et nous lui serons à jamais reconnaissants. Nous ne voudrions pas oublier, à l'ambassade également, Mr Kelly, Mr Roquet qui débrouillèrent nos problèmes de photos et aplanirent les questions de bagages.

Nous tenons aussi à remercier Blue Star Line dont les bateaux ont accepté de transporter nos animaux. Mr Wilson, le directeur, et Mr Fraser, chargé du service des passages à Buenos Aires, n'ont rien négligé pour nous rendre service. Le capitaine de l'*Uruguay Star,* ainsi que tout l'équipage, allèrent jusqu'à se détourner de leur route pour rendre notre voyage de retour plus agréable.

Il est impossible, tant fut générale la gentillesse rencontrée en Argentine, de citer tous ceux qui nous l'ont prodiguée. Nous remercierons donc seulement :

Mrs Lassie Greenslet, qui mit si gentiment à notre disposition son appartement de Buenos Aires, dont nous usâmes avec tant d'indiscrétion qu'elle aurait été en droit de se demander si nous le quitterions jamais. Sa sœur, Mrs Puleston, si pleine d'amabilité à notre égard ; nous sommes également très redevables à sa nièce, Miss Ada Osborn, qui nous obtint quelques spécimens rares.

Mr Ian Gibson, qui fut notre guide et notre assistant. Nous sommes reconnaissants à Mr et Mrs Boote ainsi qu'à leur famille pour nous avoir permis de séjourner dans leur merveilleuse *estancia* et aidés dans notre mission avec tant d'enthousiasme. Mr Donald Mc Iver dont l'assistance nous fut précieuse en matière de transport. Mr William Partridge, du musée d'Histoire naturelle, auquel nous devons nombre d'informations sur la répartition des oiseaux et qui mit à notre disposition ses merveilleuses collections de peaux rassemblées à travers l'Argentine. Mr Carr-Vernon, de la Western Union, qui nous a facilité beaucoup de choses.

Pourrons-nous jamais remercier comme il le faudrait Marie-Mercedes De Soto-Acebal, son mari et leur famille, pour toute l'amabilité qu'ils nous ont témoignée durant notre séjour en Argentine ? Sans leur jeune fils Rafael, notre visite au Paraguay eût été certainement beaucoup moins fructueuse. La famille entière, d'ailleurs, n'a épargné ni son temps ni sa peine et tous furent à la fois des assistants et des amis précieux.

Quant à Bebita Fanny de Llambi de Campbell de Ferreyra, son mari et leur famille, ils nous ont traités comme seuls peuvent le faire de véritables amis ; nous

247

sommes redevables à Bebita de la joie de notre séjour argentin et je crains de l'avoir payée de ses bontés de façon assez peu charitable par le portrait que j'ai tracé d'elle. Son frère, Boy de Llambi de Campbell, et sa femme Bebe, charmants eux aussi, nous ont beaucoup aidés dans l'aventure du Paraguay.

Nous tenons à adresser nos remerciements au président et aux dames du Twentieth Century Club de Buenos Aires, pour leur hospitalité et aussi pour le courage dont ils ont fait preuve en m'invitant à faire une causerie.

Je tiens à mentionner tout spécialement tous les péons et autres travailleurs de Los Ingleses et Secunda, et à leur dire combien nous leur sommes reconnaissants.

Paraguay

Au Paraguay, nous aimerions remercier le capitaine Sarmaniego et le senor Axxolini, qui tous deux nous ont aidés si aimablement.

Nous tenons aussi à remercier Braniff Airways qui assura de façon magistrale notre départ du Paraguay.

J'en viens à la dernière personne, dont le rôle ne fut pas le moindre, ma secrétaire Sophie, qui, sans avoir partagé les plaisirs du voyage, s'est chargée de la tâche ingrate que représentait la préparation de ce manuscrit.

TABLE DES MATIÈRES

ROMANS-TEXTE INTÉGRAL

ÉDITIONS J'AI LU

31, rue de Tournon, 75006-Paris

Exclusivité de vente en librairie
FLAMMARION

IMPRIMÉ EN FRANCE PAR BRODARD ET TAUPIN
6, place d'Alleray - Paris.
Usine de La Flèche, le 20-05-1975.
6264-5 - Dépôt légal 2ᵉ trimestre 1975.